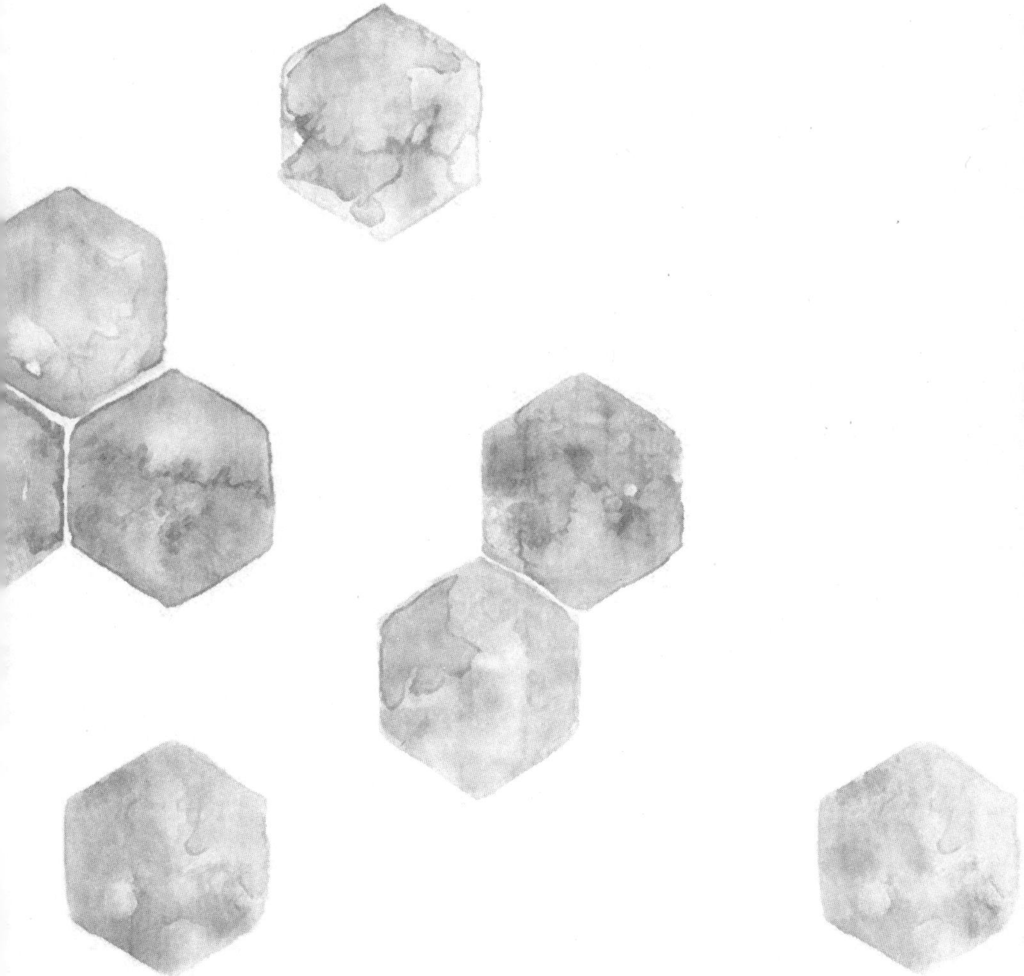

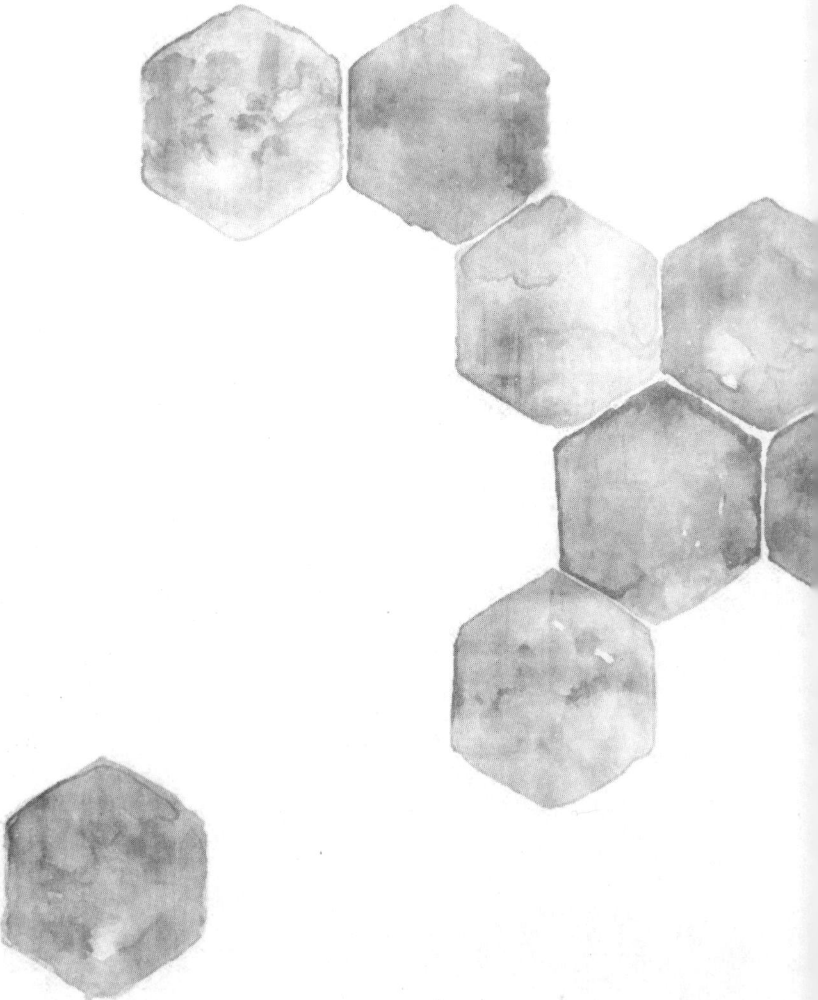

但其實我們

橘子作品29

Only Later Did I Realize

推薦序　心裡的竊聽器

橘子，是我知道的作家裡頭，最會取書名的一個。

第一次發現橘子，是在便利商店的書架上，然而最先注意到的並不是作者，而是書名。你知道那些字眼是刻意挑揀過的，每個書名都是千思百想的成果啊，但卻是極其自然，然後，它們還在你的心上打了一拳，就是這句話，你藏在心底很久卻從沒說出口的。橘子，像是在每個人的心裡裝了竊聽器一樣，說出了每個人心中的話，不管是遺憾的、冀望的或是失去卻盼望著的。不止一個，每個書名都讓人想起自己的某個經歷、某個片刻。就因爲這些不得了的書名，記住「橘子」這個名字了。

還沒看她的書、還沒認識橘子之前，光看書名與封面，會覺得應該是一本內容溫柔唯美的情節對白故事，但實際接觸後，發現其實不然，橘子有點剛烈啊，說著話總是直接、不拐彎抹角，她的書也有這樣的質地。這是一開始沒有料想到的地方。可是，或許這就是她的魅力，有點矛盾與衝突，可卻又能調和出自己的氣味。別人取代不了，也模仿不來。

剛認識橘子的時候，她正在「休息」，說「休息」可能不正確，因爲她是這樣跟我說的：「我退休啦，沒有要寫書了。」聽到這句話簡直是嚇到了，也管不著這句話是眞還是假，我只顧著追問：「爲什麼不寫？幹嘛不寫？」因爲對我來說，實在找不到一個說服得了自己的理由。還這麼年輕、還這麼多人期待著新書啊……當然，一個作家要不要繼續書寫，跟這些其實都無關，這樣的疑問只是出於一個讀者的期待罷了。

然後，在她的臉書動態上，不時看到她又去哪裡遊玩了，草原啊、綠樹啊的相片；再來，前陣子也迷上了著色畫，畫到最後甚至還畫了一幅我的肖像送我，呀，眞的絲毫沒有動筆寫字的跡象啊。接著突然在某天，她丟來一句：「我開始寫新書了。」又過了一陣子，又聽到她說：「稿子寫一半了。」最後則是：「我的新書你要幫我推薦嗎？」聽到這句話，表示稿子快完成了，果然，沒多久後就聽到完稿的消息了。

同樣身爲一個寫作的人，心裡清楚有時候寫東西只是出於一個單純的理由或是一個念頭，甚至是一道突然的靈光；而不寫了，也可能只要一個簡單的原因。我們都曾經感嘆過，現在看書的人已經越來越少了，有時難免也會感到一點憂傷，可喜歡文字的人本質還是不會變，總會有想要跟大家說的感觸，不管是什麼形式。

而不管是突然手癢也好、無聊打發時間也罷，慶幸橘子口中的「退休」終究只是「休息」，一個過渡、一個逗號，而非是休止，所以今天才能夠再看到她的作品。可惡！新書《但其實我們》一樣有著很棒的書名，是大家等了很久的新書，我也是，相信也同樣會讓大家繼續喜歡。然後，我們繼續期待下一本。

作家　肆一

自序

有幾年的時間我過得不是很快樂，人生看似什麼都有了，但卻經常覺得其實什麼都沒有，空空的。那幾年我總是這樣感覺自己，日子也過得越來越自閉，不喜歡收到陌生的讀者來信，因爲不知道該怎麼回應，所以都乾脆裝作沒看到。

說話見面也只和那幾個熟悉的朋友，如果他們沒有空，那我就乾脆不出門不說話的那種程度，和陌生人講話會覺得很厭煩，有時候嚴重到連在餐廳裡和服務生點餐都覺得很抗拒、是這樣子程度的自閉。漸漸的，連喜歡的按摩洗頭和購物也開始都不去，還好是網路購物很方便。可能這就是後來我喜歡上瑜伽的原因，從頭到尾都不用開口說話，好自在。

接著我的人生在二〇一二那一年瓦解，熟悉的朋友絕大多數都離散，因爲我變成看誰都討厭，因爲我其實連看自己也覺得好討厭，甚至一向依賴的寫作也覺得只剩下厭煩；情緒開始沒了出口，連話都不怎麼開口說，眼淚倒是流過不少，有幾次還哭到眼頭都開了，眞不知道那一年我是怎麼熬過來的。

還因此寫下《寂寞不會》這本重度憂鬱的書。

然後是隔年，我生日那一天，友人畫了一幅畫送我，那是阿龐睡在我爸總是穿著的那雙拖鞋上的照片，收到的當下我的感覺是震驚，眞覺得這個人少根筋，那時候我連他們照片都避開免得情緒又潰堤，然而他卻直接畫了要我看，一張包含我爸和阿龐的畫？我再也看不到的他們？我同時失去的他們？

我好想打他。

可是後來我卻最感謝他。

後來我也開始學畫畫，一開始是素描，無聊死了、手又會搞得好髒，只上了五堂課完成一張畫就不去了，接著是色鉛筆，有趣多了也學到很多，畫作在朋友看來都說很不錯，可是老師好嚴格，每張我自己覺得眞不錯的作品都會被她立刻指出缺失，她老是讓我覺得自己永遠不夠好，雖然她說的都是眞的。

後來想想其實滿好笑的：這不就是那幾年的我嗎？永遠讓身邊的人覺得自己不夠好。但其實這是不對的，我指的是把這用在對待感情，不管是什麼感情。

後來我慢慢找回自己也修正自己，藉由畫畫，也藉由回憶以及反省；我開始願意認錯，尤其是對自己認錯。後來也比較不那麼自閉，身邊的朋友因此重新換過一批，也開始懂得珍惜；還變得慢慢願意認識新朋友，好像又重新過回最初那個總是被當成配件到處認識朋友的朋友那生活。

然後是那封讀者來信。

那封筱茜的姐姐寫來的私訊，她說筱茜是我的忠實讀者，她說筱茜在前一陣子過世了，她說能不能跟我買本簽名書燒給筱茜？不用麻煩了、我表示，就這麼在新書裡簽了名寫了一句話然後寄了過去燒給早逝的未曾謀面的筱茜；後來我不記得有沒有再收到筱茜姐姐的回應、信件總是很滿、因爲，但我記得在那之後很久曾好奇的搜尋了信件匣，然後我看見筱茜曾經發給我的私訊，然後我看到我並沒有回應。

後來，我決定若是有下本書的話，女主角就用魏筱茜這名字，不管是什麼角色什麼設定，這個念頭在我因爲發生了一些事情一度斷稿幾乎想要放棄時支撐著我繼續往下寫去，當然也感謝那陣子遭受我情緒炸彈的友人們，我只要一寫作起來就會難相處到自己都想毆打自己的程度，這事有口皆碑。

最後，在《但其實我們》的最終章裡重複出現了《寂寞不會》用過的人名，對、我知道，我是故意的。對我而言，這其實是同一個故事，寫的，是對於同一段過去的凝望；只是三年了過去，不同了心境，也不同了角度，放下了，釋懷了。還，多了點，賤賤的痞痞的，酸甜。在這本書裡。

橘子

開場白　李建儒

高一的時候我每天的記憶起點都是透過車窗看那對小矮人追公車開始。

小矮人是在我上公車的兩個站牌之後出現，然後手拉著手追公車，而且永遠是女生拽著男生跑的畫面；那個女生個頭小小長相精緻留著齊瀏海的烏黑長直髮，不知怎的她總是讓我聯想到日本漫畫NANA裡的那個酷NANA，或許是因爲她的那雙大眼睛，很美但卻冷冷的；那個男生看起來比較和善，外表同樣白白淨淨一臉就是很會念書但腦袋和手腳都不太靈光的樣子，我曾經試著努力聯想哪部漫畫裡有這樣子的人物，不過怎麼就是想不出來；我幾乎整個高一上學期的早晨公車時間都在努力想要找出答案，這件事情我把它當成是祕密始終沒有告訴過任何人，因爲我覺得很白痴我才沒有勇氣說出口，雖然那眞的是很惱人，究竟是哪個漫畫人物呢？我居然硬是聯想不起來。

是這麼一對很像從漫畫裡直接走出來的小矮人。小矮人追公車，我高一時每天記憶的起點。

一開始我以爲他們是對早熟的同居情侶，後來我才聽到原來他們是念同一所高中的兄妹，那是比我的學校分數高出很多的高中，那個學校比我的高中早一個站牌下車，之所以會知道這些是因爲他們總是坐在公車最後一排靠車窗的位子，不過當然這前提是如果他倆有追上公車的話，沒追上的次數比較多，我有算過，因爲每次他們沒追上公車的畫面總是會讓我因此整天心情都很好，我也不知道自己是哪來的這種壞心眼；而我總是坐在公車倒數第二排靠車窗的座位，於是若同車的話我會有大概半小時的時間可以偷聽他們聊天，那滿惱人的、其實，因爲這對感情要好的兄妹每次每次都聊個不停，聊學校聊家人聊考試聊寵物聊個沒完沒了，他們甚至每次每次都還手牽著手一起走下公車，而且依舊是女生走在前面拉著男生走的畫面。

關於這一點我是有點驚訝的，因爲我很少遇過感情要好到會手牽手走路的兄弟姐妹，會一起出門做些什麼的是認識過，感情要好到會互訴心事的也遇過，總是和彼此的朋友變成朋友也有過，但手牽手走路？我光是想到那個畫面就覺得噁心，我是指那畫面換成是我和我姐手牽手走路。

印象中我和我姐從來沒有牽過彼此的手，互相吐口水倒是有過不少回，那還不是小孩子在鬧著玩，而是眞心的想要吐對方口水。

我那個姐姐大我三歲，謝天謝地她不是大我一歲或兩歲而是三歲，這當中絕對性的差別就在於我因此國中不必再和她同一個學校，因爲光是小學和她同校三年我就覺得眞是受夠了；小學入學開始我的名字就不叫作李建儒而是李慈儀她弟，每天每天都會有很多中高年級的男生跑來班上找我聊天、但聊來聊去總是只聊我姐：她有沒有喜歡的男生？她喜歡什麼樣的男生？她喜歡吃嗨啾還是m & m's？她在家裡是不是很兇？我可不可以去你家找她玩？你跟她說我可以幫她寫功課喔……如此這般，干我屁事。

是這麼一個從小就習慣被很多男生喜歡、追求的傢伙，上了國中之後就更加變本加厲享受這一切，她完全沒有適應的困擾，她根本就樂在其中還花枝招展：學校的制服襯衫怎麼瞀她就怎麼穿，制服裙子怎麼短她就怎麼捲（不敢直接改短，因爲我爸會罵），早餐可以不吃但頭髮一定要吹，如果不是我爸會生氣的話，她一定從國中就開始化妝上學。那時候的她完全就符合她外表所散發的訊息：愛打扮不愛念書，追她的男生人數比她的月考分數還多，討厭她的女生則又比沒追她的男生多，雖然我完全性的不懂女生，不過連我這個很不懂女生的男生也能夠一看便知她的外表她的個性完完全全就是女生會討厭的那種豪放做作女，可是她沒差，她其實根本就不在乎，她從來就沒有把誰放進眼裡過，反正多的是騎士想罩她搶著保護她，她天不怕地不怕她唯一就只怕我爸。

平心而論，她那種少以爲我會在乎的姿態還滿酷的，我有時候會這麼覺得，不過我才不要告訴她，我連話都不想跟她講。

坦白說如果換成是別的辣妹這麼喜歡展現自己的身材和美貌、而我也正值國中的年紀，那麼我也會看得很開心，說不準還會跟著吹幾個口哨鼓勵她要繼續啊別覺醒，因爲那眞的是很辣很養眼，好畫面又免費白痴才不看，但問題是這個大辣妹是我姐姐，我的意思是、拜託喔！誰會對自己姐姐的乳溝和屁股蛋感興趣？就算她裸體從浴室走出來（她確實很愛直接裸體從浴室走出來）我也只會想把臉轉開，還有幾次我是拿東西丟她。我眞的不懂、洗完澡後用浴巾好好的把身體包起來有很難辦到嗎？

總之當時小小年紀的我還搞不清楚自己喜歡什麼樣的女生，但就已經夠清楚我不會喜歡哪一型的女生：我姐那一型的騷包。順道一提，那騷包小時候喜歡吃草莓口味的糖果餅乾和飲料但至於草莓本尊倒是絕對不吃的，因爲她覺得草莓長得很醜陋好噁心，最喜歡的顏色是粉紅色而且最好是芭比螢光粉，最喜歡的人是媽媽，最討厭的人是弟弟，最喜歡問的問題是爲什麼我們家不能只生一個小孩子就好？她特別喜歡當著我的面問媽媽這個問題。

Bitch。

是這麼一對感情不好的姐弟，手沒牽過幾次，架倒是打過不少，還好我們年紀差三歲所以只有國小同校三年，否則國中又和這個愛說謊的心機鬼同一個學校的話，我的人生會因此走偏。

我的人生沒有走偏只是差一點垮掉而已，不過那和我姐無關，而是我爸。

那是我高一即將結束的那個夏天，我記得很清楚，而且我甚至還記得那天早上那一對小矮子沒有追上公車，我不知自己記得這種小事情幹嘛，不過我就是記得；那是我眞心希望能夠將它從記憶中從現實中抹去的一天，那一天我爸在上班途中被超速闖紅燈的車子撞死。我搞不懂這是怎麼一回事，我的意思是，那天我出門的時候爸還好好的坐在餐桌旁邊吃早餐，可是怎麼會放學後爸卻永遠不會再回家了？我尤其搞不懂爲什麼明明犯錯的是對方，可是死掉的人卻是爸？這樣合理嗎？這就是人生嗎？

那感覺眞的好奇怪，那陣子我一直覺得周遭的世界變得很奇怪，連在爸的喪禮上都覺得怪：他眞的知道嗎？需要嗎？還在乎嗎？我眞討厭這種感覺，腦子裡喉嚨裡老是有個什麼卡卡的卡住了，可是我卻一直不知道該怎麼確實的說出來我只能一直想啊想，我覺得整個人悶悶的沉沉的，可是我不知道該怎麼辦，該拿這感覺怎麼辦，我是很想要像媽那樣椎心刺骨的哭，放聲痛哭，哭到昏厥，把傷心都哭進眼淚裡，或者像姐那樣憤怒的追打肇事者，不只是在爸的喪禮上，還找人上門去毆打，三番兩次，直到對方終於報警爲止。

我覺得自己好廢，怎麼會連哭也不順利，連打也沒幫忙，我只是一直悶悶的沉沉的不知所措覺得自己好廢。

我不知道悲傷的期限是多久？是不是該有個期限？總之在事情告一個段落之後，首先走回現實的是我姐，她決定休學去當展場模特兒，她說反正她念大學也只是因爲好像每個人都在上大學，她沒說但其實我們都知道那是因爲爸堅持她必須上大學；然後接著是媽，除了原本在早餐店的工作之外，她晚上在便當店兼了差，於是變成沒人管的我也瞞著她們去找了加油站的打工，反正晚上變成是都只有我一個人在家，而我不喜歡那樣，我們家以前不是那樣的，我們家以前晚上總是會有爸或媽在家的，連晚餐都幾乎天天開伙的。

那時候因爲暑假都幾乎過了一半，我被分配到的工作是老鳥都不愛去做的附設洗車區，每天從頭髮到鞋子都被水淋得溼透、是那種連換衣服都沒必要的程度，因爲反正下一秒又會溼掉；手也因爲一天八小時都浸在清潔劑裡所以變得乾燥龜裂、流血結痂，但我總告訴自己沒有關係，反正夏天很熱，而且那畫面在我自己的想像裡很男子氣概，或許還能夠感覺到疼痛也是好事，因爲那時候的我不管是身體或者腦子都痲痲木木的。

那時候我們連試著把自己的生活過下去都已經很辛苦了，那時候我開始覺得自己已經是個大人了，但偏偏卻又表現得像是個孩子。

開學之後我晚上繼續在加油站打工，那陣子我的成績退步很多，本來頂多只是中上，但新學期開始之後確實退步得很慘，連拿手的科目都只剩下及格邊緣，沒有心情念書是原因，晚上要打工沒時間複習準備是原因，上課只想睡覺也是原因；有幾度我甚至覺得把高中念完就算了，根本就不想再升學了，反正爸已經不在了，他認爲我必須考上國立大學的堅持也不必再理會了，反正大學畢業後也不見得找得到什麼好工作不知道所謂的好工作是什麼？甚至連往後想要做什麼工作也還都不知道都不想知道，或許就這樣一直在加油站打工直到死掉好了。

反正我們又不知道哪一天會突然就死掉。

那時候的我滿腦子就只剩下這個壞想法，那時候身邊的同學應該滿多人察覺我的消極我的自閉我的改變，他們好像很擔心很想幫助我但卻不知道該怎麼靠近怎麼伸出手，那年紀的孩子怎麼會知道如何應付這種事？而我自己也是，不知道該怎麼發出求救訊號向誰發出求救訊號甚至不知道自己已經到了該要發出求救訊號的程度，那時候的我連自己是可以發出求救訊號的這件事情都消極的沒察覺。

沒察覺。

可是我們那個兇巴巴的班導有一天卻突然找我去談話，關於這一點我是很驚訝的，因爲我們都知道她眼中只有那些成績好的學生，而她好像也不怕我們知道這件事，她大概每天都在懊惱體罰的時代已經不再；所以我們總是在背後喊她作勢利眼的老巫婆，在我們班上連成績好的學生都不見得喜歡她，是這麼一個不得人緣的老巫婆。

那天下午老巫婆沒有問起我爸的事，但我相信她一定知道，因爲我爸的告別式她有來；她起先問問這個又問問那個，不管她旁敲側擊問了什麼我的回答都是沒有沒有沒有，我本來預期她不久就會生氣放我回教室滾開她眼前，可是誰曉得她接著卻突然的提議：如果不介意的話、我可以去她家住。

「啊？」

『你眼看著就要走偏，可是你自己好像都不知道這件事，老師打過好幾次電話去你家可是都沒有人接。你晚上都有好好吃飯睡覺嗎？你們這個階段很重要！』

我已經不是小孩子了，妳可以不必用這種口氣跟我扯那些吃飯睡覺的屁話。我想這麼告訴她，可是話都衝到了嘴邊卻還是不敢開口。她很兇，所以我們都只敢偷偷討厭她沒人膽敢當面回嗆她。

『你其實算是會念書的小孩，你的英文很厲害。只是本來就沒怎麼用功，那現在還更直接的放棄了。老師家還有空房間，我可以在這一段時間暫時照顧你。』

我已經不是小孩了。

『你不用因爲家裡發生了事情就覺得必須要自我放棄，你還只是個孩子。』

我已經不是小孩了！我本來以爲我會這麼說，把這句話眞的說出口，說給老巫婆聽，或者說給自己聽，可是結果我卻把臉低下把頭轉開哭了出來，在導師辦公室裡，我以爲自己已經是個大人了，結果卻像個孩子似的，哭了起來。

還是被關心著的，我當下的感覺是這個，或者應該說是：需要的也只是這個。

在當時。

後來我們協議晚上我還是繼續在加油站打工，但週末假日我會去老師家讓她替我課後輔導並且在她的監視之下好好的吃午餐和晚餐，代價是我不可以再每天上課遲到了，我不知道她爲什麼願意花那麼多時間在我身上爲什麼要對我那麼好，我不好意思開口問，我甚至不太記得在那一段日子裡我有沒有好好跟她說謝謝。

我的生活開始一點一滴的恢復正常，雖然眞的很累但總算是努力著讓成績變得比以前好，起碼得這樣、否則太對不起老師花費在我身上的額外時間了，我是這麼告訴自己的；我甚至又可以搭回了早上的那一班公車好讓上課不再遲到，只是上車之後變成是忙著補眠。

我還是會在兩個站牌之後看見那個女生跑步追公車，合理推測是少了她那個笨手笨腳的哥哥、所以她變得每一次都能夠追得上公車；我發現她還是固定坐在公車最後一排那個靠窗的位置，所以在幾次差點睡過頭之後，我決定改成去坐她隔壁，不是爲了搭訕，純粹因爲這麼一來在兩個站牌之後我可以放心的倒頭睡，而一個站牌之前她會不得不叫醒我爲的是借過。託她的福，在那之後，我可睡得眞好。

好有安全感。

借過。喔。謝謝。嗯。這就是那幾乎兩年來我們對話的總和，但有一次例外，那是高中已經快結束的時候。

『借過。』

「喔。」

『謝謝。』

嗯，我沒眞的發出這個聲音因爲接著下一秒我又歪著頭睡著了，太累了，我自己都沒有發現，再醒過來是意識到有人輕拍著我的臉，睜開眼睛，我看見她精緻小巧的臉湊近我的眼，原來是她彎著腰低著頭想確認我到底是醒了沒有？

『你再睡會過站。』她說，然後指了指她原本坐著的座位：『還有，這罐馬油給你搽，你的指頭和指縫都裂開了，傷口也可以搽，很有用！』

她酷酷的說，然後轉身俐落的走下公車，直到公車再度開駛之後、她身上那股淡淡的香味還留在我的鼻腔裡，還有她那小小的柔軟的手在我臉頰上的觸感也是。我以前怎麼都沒有發現？

我拿起她留在座位上的那罐白底藍字的圓罐子，我只是在想：她是什麼時候注意到的？或者應該說是：她注意多久了？

馬油。

往後被問起我們是怎麼認識的時候，通常我會從那罐馬油開始說起，而至於筱茜則偏好從我把她當成人肉鬧鐘開始，而且每次每次毫不例外的都會補充說明我當時那眞該去剪一剪的頭髮、以及很可以去燙一燙而且洗的時候肯定沒有加熊寶貝的制服，尤其是我那雙究竟爲何不抽個時間刷一刷的鞋子，通常一路提到鞋子之後她會平衡似的補充一句：不過他皮膚是眞的很好啦，摸起來比看起來更好喔！然後她會接著再一次拍拍我的臉，但不再是爲了叫醒我、而只是把我當成狗。

無聊！

一開始我們只是在早晨的公車上聊天，畢業之後則變成是她哥開車到加油站找我洗車順便等我下班一起吃晚餐，我永遠忘不了他們第一次出現在我面前按下車窗時、筱茜像個天使般無邪的甜美笑著，接著指著我的鞋子對著她哥說：欸、你看，眞的是很髒對不對？

無聊。

一輩子沒看過感情這麼好的無聊兄妹檔。大學之後雖然我們不同學校也不再搭那班早晨公車，但這對兄妹檔卻依舊背後靈似的光顧我的每個打工場所，他們從來不會問我爲什麼一直要打工是不是眞的很缺錢？正如同我從來不問他們幹嘛要特地開好遠的車到我學校附近爲的只是找我買兩杯珍珠奶茶？後來變成是每個星期吃兩次Friday's晚餐難道不膩嗎而且那附近又不好停車，你們究竟是太閒太無聊太沒有朋友還是有多不願意錯過我的人生喔？大三之後到畢業之前因爲課比較少了所以我決定不再住宿而回家通車上課，這時候我換成了在家附近的咖啡店打工，有時候我會開玩笑說這是爲了方便這兩個無聊鬼背後靈不必再大老遠才能干擾我的打工人生；而果眞他們很快樂的每個週末都跑來從早午餐吃到下午茶待到我下班再三個人一起去吃晚餐。

而大四那年有一次是筱茜自己一個人來。

我上大學之後家裡的經濟環境改善很多，那主要是因爲我姐的關係。

她當了三兩年的展場女郎之後有次拍了個可以說是性感但若說是煽情會更合理的廣告，同時間又和個男偶像鬧緋聞之後開始星運大開，她因此進入演藝圈接通告接活動有時候還演些戲，有兩次她還發了ＥＰ，沒什麼人記得她唱過什麼歌所有人都只記得她歌的ＭＶ眞是又辣又煽情，也沒有人會同意她是個演技派雖然她把壞女人演得眞是活靈又活現；她一夕之間從收入很不穩定的小模變成好像還滿有賺頭的明星，她不管是接什麼通告、做什麼活動，只要是在鏡頭前永遠都是露胸露腿耍白痴，越來越多電視機前的觀眾、網路上的酸民以鄙視她愛露做作、嘲笑她腦殘無知爲樂，他們笑她罵她卻又偏偏愛看得很，可能是因爲他們若是不繼續看她關注她、又怎麼繼續有梗罵她嘲笑她吧。

越罵越紅。

她愛露做作是事實，她腦殘無知是事實，但她把我們家房貸還完並且在我大四那一年頂下我打工的那家咖啡館讓我媽媽完成她想開一家自己的早午餐咖啡店也是事實，儘管如此那幾年只要是認識我的人在我面前問起她我就會立刻轉身走人，如果是我認識的人在我面前聊到她、我就會立刻悶不吭聲；我從不主動承認她是我姐，但卻又無法否認她確實就是我姐；或許這就是爲什麼那幾年我和那對兄妹會開始混在一起的主要原因吧。我不清楚他們知不知道那是我姐，但他們在我面前從來不會聊起這女人。

這女人越來越拜金奢侈但也確實好好賺錢養家讓媽媽過好日子，不再需要辛辛苦苦的兼兩份工、連店都只營業週四到週日，但她卻從來不會提議我別再辛苦打工了、姐姐開始讓你罩，可能如果她這麼提議了、我也只是直接拒絕吧，確實她如果這麼提議了、我是會直接拒絕的沒錯，我們還是那對從小就互看不順眼的感情不好姐弟，我們甚至沒見過彼此幾次面，因爲她忙著工作我忙著打工念書，她連過年都在接活動賺錢；可是在我大四那一年有一天她卻坐在客廳裡等我，還拿著張提款卡給我：

『裡面大概有兩百萬，我是不知道夠不夠去英國念個碩士回來啦，我聽說英國物價很高東西又難吃，不過我哪知？我只去過法國，巴黎鐵塔是有去看一下啦不過就直直的走去第五大道了，要一口氣把香奈兒和愛馬仕買足才夠本啊！不然飛那麼久很累吶。誰想要去看那些鋼筋水泥和水彩顏料嘛？說起來法國菜我也不愛，你大概不相信，十幾天的時間我只是想喝碗熱湯都找不——』

我不耐煩的打斷她：「媽跟妳說的嗎？」

『不然咧？我跟你心電感應喔？還是你覺得我偷看你臉書？』

她確實有偷看我臉書，而我也是，所以我才會知道那幾年她被觀眾質疑整型時終於有次忍無可忍的把我的照片貼在她的粉絲專頁，我們長得滿像的、其實。我恨死她把我的照片公開在她的粉絲專頁，我那陣子氣得連跟媽都不說話，我更氣當時我的反應是在那一陣子把臉書關掉而不是在她的粉絲專頁回嗆她。

她確實沒有整型，但有微調，眼頭山根和唇珠，反正她本來就是個說謊精，而她講話就是這樣，她這個人就是這樣，一個好心的善意從她嘴裡出來都會變成惡意的挑釁。她真的很適合演壞女人。

她根本就不需要演。

『反正啊，你要靠你那些打工的錢去念書大概就只能吃土了，更別提回來之後學貸還不知要繳幾年哩，搞不好這房子還得被你拿去貸款還錢哩。』

「我才不——」

她打斷我：

『隨便啦，感覺上你好像不屑我的錢是不是？是很臭還是很髒嗎？拜託喔！』

她呸了一聲，如果此刻喉嚨裡有個痰的話她大概也會很愉快的吐出來，而且就直接吐在我臉上，但還好她此刻喉嚨裡並沒有痰，於是她只是把提款卡丟到我面前，然後踹歪歪的說：

『反正啊，不稀罕的話就隨便找個順眼的垃圾筒丟嘛。』

所以我就真的把那張提款卡丟到垃圾筒裡了。

往後回想，確實我是該接過那張提款卡然後送自己去英國念碩士的，我是說，如果早知道後來的我們會變成那樣子的話。

早知道。

第一章　王瑞謙

第一次具體感覺到青春就此結束、初老正要開始是二十七歲那年的週五夜晚，那晚我們一行四個人來到那家有現場演唱的夜店，因爲她很愛那個主唱的歌聲所以有三兩年的時間每個週五夜晚我們幾乎都會光顧捧場；那個主唱後來隻身參加歌唱選秀節目然後一炮而紅，有時候我們在夜裡的籃球場上相遇打球時還會聊起這件事情，只不過差別是「我今天不簽名喔。」這句玩笑話從我說變成是他說。她看人的眼光一向精準，只是可惜了在愛情裡看男人的品味是差了點，好可憐喔哈哈哈。不過這是後話了、當然，我只是一提起她就會忍不住一肚子火大然後習慣性的囉嗦上兩句這樣。

那天當兩杯啤酒一杯紅粉佳人和馬丁尼還有炸薯條送上桌時，我開始忍不住納悶了起來：

「這裡一向都這麼吵嗎？」

『一直都這樣啊。』

『這裡離舞台比較近，還是你要換到門口的位子？』

『你老了。』

她說，然後低頭喝了一口啤酒，我本來是想惡狠狠地瞪她一眼或者立刻嘴炮幾聲，但不知怎的、那天我的的反應卻是直楞楞地看著她放下的酒杯發呆；那杯啤酒就擱在桌上他的馬丁尼旁邊，看起來不知怎的有種好親密的感覺，這畫面真是越看越奇怪，啤酒和馬丁尼擺在一起？有夠沒品味的，真是一點美感都沒有，馬丁尼長得醜死了但他就老是愛裝模作樣的喝那個。

是從什麼時候開始兩個啤酒杯不再擺一起的？我忍不住又納悶了，怎麼搞的從什麼時候開始坐在她身邊的人是他不是我？爲什麼現在他都挑她旁邊的位子坐？有什麼是我該知道的嗎？我們怎麼了？還是他們怎麼了？他們是在交往嗎、背著我們？不可能，他長得又不好看，可是考慮到她對男人的品味很差——

發神經！我趕緊在心底嘖了自己這麼一句。

我們是好朋友，從大學開始就鬼混在一起的好朋友，本來是有五個人的，但今天缺席的那個熱戀失蹤去了，每次只要一失戀就眼角含著兩泡眼淚拜託我們再陪他一下嘛的傢伙這次看起來不會再失戀了，沒意外的話下一次再出現應該是送喜帖了，現實鬼，喜宴那天我要故意只包八百塊錢。

我把杯子裡剩下的啤酒一口氣喝乾，放回桌上時故意擺得離紅粉佳人遠一點。

所以究竟是不是有什麼我該知道的？又來了！我再一次嘖自己發神經。本來嘛！大家都是成年人了，出個社會交個朋友在自己人裡面玩什麼男生愛女生的遊戲是幹嘛？大家都那麼久朋友了，要愛早在認識一兩年間就愛了不是？不可能，他們不可能，只是說她對男人的品味那麼差，而我們好像也確實到了所謂的適婚年紀，而且最近聽紅粉佳人私下說他倆好像會一起去看電影看棒球還一起去過好市多——好了啦你！滿腦子想這些沒營養的是幹嘛？我惱得眞想把自己爆打一頓算了。

我舉手喊來服務生要了一杯可樂，待會還要開車送她回家呢。

那天我們都聊了什麼笑了什麼廢話了什麼毒舌了什麼我都不記得了，只記得那是我最後一次在聚會結束後送她回家，也是我們最後一次去那家夜店，後來就沒再去過了，根本就不想要再去了，太吵又太臭了、夜店這種地方，這話聽來很像是我媽會說的話，可是我居然也開始這麼覺得，而且還納悶爲什麼以前我們好愛去。

你老了。

「妳老了。」

此時此刻我開口這麼說，躲在安全帽裡把這三個字確實說出口，特地騎車來到這家夜店前把這三個字說出口，只是這家夜店在幾年前就已經收了，而她也已經好幾年不曾再坐在我對面站在我身邊了。

今天是她的生日，三十三歲了，妳好老了喔，而其實再過三個月我也要變成三十三歲了，從昨天午夜前的十分鐘開始我就一直神經兮兮的，刷牙時一直懷疑牙齦流血了（沒有）洗臉時拚命檢查髮際線是否後退了（沒有）洗澡時仔細研究小腹是否凸了鬆了（也沒有！），那麼腿呢？喔，腿還是一樣結實又好看，順道一提，屁股也還是很緊，可是等一下，臉上的法令紋是怎麼一回事？還有抬頭紋?!它們是什麼時候出現在我臉上的？那麼眼角——好了啦你！最後我被自己煩得乾脆吞顆藥睡覺去，心想一覺醒來我王某人就又復活了。

可是結果並沒有，結果我還是一直盯著手機感覺手心發癢。今天是她的生日，我心想，我一直盯著手機心底這麼想著，想得都快煩死了，最後我決定把手機留在家裡騎上重機去山路馳騁，可是不知怎麼的、這重機好像有它自己的想法，它硬是把我帶來這裡，這在幾年前就已經收了不見了的夜店前，而在它收起來的那一年我們早就已經沒了聯絡。

不知道她現在人在哪裡？過著什麼樣的生活？結婚了沒有？我希望是沒有，畢竟她對男人的品味那麼糟，而且我一直就覺得她應該是很難嫁掉的那種個性；她還過生日嗎？她今天會和誰一起過生日呢？她會不會在生日這天也想起我？我們一起陪著對方度過幾次生日呢？算了我不要再想了，我根本就不在乎了，早就不再在乎了。

「十次。」

媽的我真想撕了我的嘴，重機不聽我的，現在就是連嘴巴也有自己的想法了。

你老了。

騎車，掉頭，我頓時還不知道自己要去哪裡想去哪裡，反正先往前騎就是了，路往哪開就往哪騎去好了；然後是在我等第三個紅綠燈時、突然地又脆弱了那麼一忽忽，我看見右前方有個頭髮灰白了的機車阿伯，他穿著洗到褪色的格子襯衫搭配西裝褲，是那種在二十年前就已經過時的格子襯衫和高腰西裝褲，一時間我以爲我是看到了我爸，我眞以爲我是看到了我爸，他的側臉他的髮色他的穿著眞的好像我記憶裡的我爸，我忍不住一直看他，看得不能自已，連綠燈後都刻意放慢車速一直跟他一路跟他，我想看看他長得是不是也像我爸？我一直跟著一直看著一直想著我爸，如果我爸還活著的話現在會是什麼模樣？我已經多久沒看到他了？兩年還是三年？我想著我算著，我眼前一片溼。

我加快了速度超越過機車阿伯，沒再試著想把他看清楚，反正眼前一片溼是要怎麼看清楚？我找了個沒有人的小巷把重機停下把身體蹲下，我以爲我會好好的痛哭一場，我眞希望此時我能夠好好的痛哭一場，就像是幾年前在爸的告別式上我應該做的那樣。

到底是兩年還是三年？

你老了。

「對啦我老了，可是那又怎樣？」

把安靜的眼淚擦乾，把紛亂的心情收拾，我看了一眼手腕上的勞力士，我做了一個無心但往後卻影響深遠的決定：我決定去找李媽媽吃頓稍晚的午餐或者稍早的下午茶，我不知道李建儒這時候會不會待在店裡？但我知道反正李媽媽會在，而且她做的食物是眞的好吃。

而且我今天眞的不想要也不適合一個人過。

再說我眞的很喜歡李媽媽店裡的那一面牆，推開大門抬眼立刻就能看到的那一面牆，油漆塗得好醜可是卻醜得好有味道，甚至可以說是有種很挑釁的藝術感，眞的是應該再好好塗上一層蓋過的結果卻就這麼直接呈現，每次只要一邊吃著李媽媽的美味食物一邊凝望著那面醜得好有個性的牆，我就會有種其實自己的人生過得還不賴嘛的優越感。

可是結果沒想到我卻意外撞見了漆那面牆的主人，終於見到了她本尊，這個老是出現在李建儒臉書的女孩，魏筱茜。

嚴格說起來這是我第二次見到她本尊，我其實是見過她一次的，在花東縱谷，被雨困住的花東縱谷，我記得好清楚；那一年我剛開始玩重機，也加入一些主題社團因此認識了幾個車友，那年夏天我就是和個重機社團認識的車友一路從台北騎到花蓮玩，那是我第一次也是最後一次這麼做，累死了因為。

而且那趟旅程也爛透了，好的旅伴眞的比好女人難尋，聽哥這一句話、眞的，因女人啊每天都在出生嘛，而旅伴呢，可遇而不可求啊！

哥是說眞的。

爛透了的旅程。

起因是兩個中國來的女遊客，兩個看起來都很年輕，一個好看一個難看，民宿老闆不知道發什麼神經硬是要湊合我們兩男兩女一起出遊，鬼話些什麼國民外交啊台灣最美的風景是人啊之類的屁話，都說了我有女朋友而且她又很愛吃醋也不管。

「來者是客嘛，她們又不能租機車，就載她們一起玩嘛，反正後座空的啊，不然她們都跑那麼遠來了還看不到花東的美景不是很可惜嗎？」

不是，而且干我屁事，再說我當時的女朋友眞的很愛吃醋。

才想這麼回答時，旅伴搶先一步答應。

我知道他打的是什麼主意，而我不喜歡他的那個主意，所以故意搶先問那個好看的女生要不要讓我載？她說好，而我的旅伴當時的大便臉眞是叫我樂的，回台北後還因此把我從臉書好友刪除掉，刪除前還故意把我和那女的合照放上臉書甚至標記我寫一些好曖昧的話。小人！

還有我當時的女朋友也是，她覺得我一定有跟那女的睡覺，但是其實根本就沒有，本來嘛，我整天都在騎車、不是被太陽曬就是被大雨淋，根本就累死了哪來的心情想那個？眞是受不了，都不知道該怎麼說了，根本就不想再解釋了。可是女朋友就是吃了秤砣鐵了心的不相信我，她本來就不贊成我這趟旅行的，後來還因此跟我鬧分手，分手就分手！我才不在乎！反正女人每天都在出生！

好吧，其實我有滿長一陣子都後悔得要命，早知道就好好跟女朋友解釋或者乾脆道歉或者直接發誓好了，因爲誰知道啊，在她之後我會一直沒再交女朋友，這眞的是很令人難以置信對不對？畢竟我那麼有才華又長得很好看。

難道眞的是因爲我開始變老了嗎？

算了我不要再想了。

總之就是在那趟糟透了的旅程第三天，在被突然的暴雨困住的花東縱谷那一座涼亭裡，因爲躲雨的關係我們遇見了李建儒他們，他們一行三個人，兩女一男，騎的是機車行租來的機車，機車裡很白痴的只有兩件車行附送的輕便雨衣，而我們是兩台重機以及兩件專業級的車手雨衣，更白痴。

「如果不是你堅持要跟這兩個拖油瓶分享他媽的旅程看一看台灣最美的他媽的風景，我們那時也不必被困在那裡躲雨！我還因此感冒了！而且是重感冒！」

整路上我都想這樣吼他，回台北的那天也確實把這句話吼了出來，然後接著當晚他傳了照片在臉書並且標記我，然後隔天他就刪了我好友。小人！

無論如何當時我們一行七個人全部擠在小小的涼亭裡躲雨，躲這場看來一時半刻是沒可能會停的暴雨時，那個小個子女生打破了沉默：

『剛剛騎來的路上有個小攤子可能有賣雨衣，不然你去看看好了，這雨看來是不會停的。』

所以他就去了，而且她是正確的。至於我則是也很想要用這口氣這麼對我的車友吩咐，不過我覺得他應該才不會理我哩。

在那段等候的空檔裡，她倆利用時間請那個長相抱歉的女生幫她們拍張被雨淋溼的合照，她們眞的應該請我拍的，因爲當下我越過那女的肩膀看到她拍了張有根涼亭柱子從小個子女生頭上長出來的照片時，忍不住笑了出來，我眞的忍不住笑出來了，有夠逗的、因爲。

事情是這樣的，拍照守則第一條：取景時切忌人的頭上長柱子，或者樹，或者遠遠的建築物，或者任何笨東西。簡而言之拍照時人的頭上不要長東西！那看起來有夠怪的又好醜！一點美感都沒有。

我噗哧的笑了，而她則是冷冷的怒了，她抬頭瞪了我一眼，冷冷的，就是在那個當下，她的大眼睛她的小臉蛋以及她的中分長直髮讓我聯想起日本漫畫裡的那個酷NANA；我是很想跟她解釋些什麼守則或者稱讚她長得漫畫或者乾脆主動提議幫她們再拍張合照的，畢竟像我長得這麼好看又有才華的人眞的是很受不了這種毫無美感的蠢照片而且還硬生生從我眼前被拍下，可是在那同時李建儒回來了，他帶著三件輕便雨衣回來了。

『眞的有賣耶！妳好厲害喔。』

好厲害的她沒有說對啦也沒有說好幸運或者是辛苦你了、這些一般人在這場合這氣氛裡會說的話，她好厲害的說了：

『你買三件幹嘛？我們只缺一件啊。』

她眞的這麼說了，當著我們大家的面。而李建儒沒有回答她他買三件是幹嘛因爲確實他們只缺一件啊，他只是微笑著把其中兩件輕便雨衣遞給了我們的女伴。

而女伴們分別說了：『眞是太感謝您了！』『小哥您人眞好！』而我則是再一次忍不住的笑了出來。

天使與魔鬼啊。如果要我給那個被雨困住的花東縱谷取一個標題的話，我會給的是這個。

天使。

我以爲那只是萍水相逢的旅行小插曲（比起之後的被刪以及被甩），但沒想到幾天之後我看到李建儒寄到我粉絲專頁的私訊，他客氣又禮貌的想確認那天涼亭裡的是不是我本人？眞是沒想到那天我頭戴安全帽只露出眉眼鼻子也會被粉絲認出來。人紅眞煩。

他是個討人喜歡的傢伙，很輕易就能夠帶給對方好感安全感，而且他還滿好聊的，他給人一種這個人我可以聊的安全感，隨便跟他聊什麼都可以，無聊的沉重的糟透的好爽的……隨便都可以，他好像就在那裡等著你聊等著你找，我們很聊得來，雖然我們年紀相差了六歲；我們因此漸漸變成朋友，交換彼此的臉書，也慢慢會相約去吃個想吃的什麼，玩個想玩的什麼，後來甚至還變成了旅伴，而他眞是個好旅伴；天曉得我是眞的關不住的好喜歡遊山玩水但眞也好缺旅伴，我眞的沒有辦法享受吧一個人的旅行，我不敢一個人住旅館，而且一個人旅行是要怎麼拍帥照？我又不像年輕人那麼會自拍。

這年輕人。

我經常在這年輕人的臉書上看到這女的標記他的出遊合照或心情發文，我猜不出他們是什麼關係也沒想過要問，畢竟我聚會時出遊時可是不加班的，我只是覺得這女的眞的眞的好像漫畫裡酷NANA的眞人版，而且也確實這麼對他說過幾次，但每一次他聽了之後都只是點點頭或者聳聳肩，完全沒有想要介紹我們認識的意思。反正我對她也沒那個意思，我只是覺得她很漂亮而且我也只是單純喜歡欣賞好看的人事物而已，我是很久沒交女朋友了，可是那又怎樣？反正女人每天都在出生，而且我那麼有才華又長得很好看。

只是沒想到在認識了他三兩年後的今天（爲什麼偏偏是今天？）我會見到她本尊，在李媽媽的店裡和李建儒待在一起，在我沒知會一聲就突然跑來的這天；她還是和我記憶裡的一樣漂亮，但問題出在於她從原先的中分長直髮變成了齊瀏海長髮，這樣就不像酷NANA了、問題是出在這，而我也發現到自己因此有點不是很高興，雖然這不關我的事，這確實不關我的事，本來嘛，我又不認識她，也不是說我有想要把她的意圖，可是今天我過得好糟心情好差而且剛剛才在巷子裡偷哭了一下下，尤其是昨晚睡前我又吃了半顆史蒂諾斯導致我醒來後腦子一直重重的沉沉的不管用，我那不管用的腦子竟然眞讓我的嘴巴開口說：

「妳怎麼不像酷NANA？」

喔媽的，我竟然眞的開口這麼說，我是白痴嗎？

第二章　魏筱茜

『妳怎麼不像酷NANA？』

「我該爲此道歉嗎？」

這是他開口的第一句話，這是我回答的第一句話，沒頭沒腦的對話，這是我們之間的第一個對話；我不知道他是誰，不記得認識他，也從來沒自稱過什麼酷NANA（她誰？），可是他卻劈頭問得好像跟我很熟還熟了好久或者我本來就應該認識他的樣子。奇怪的人。

這奇怪的人此刻一臉尷尬的站在我們桌子旁邊坐也不是走也不是，就這麼他不再說話而我也是這樣的僵了三秒鐘左右之後，李建儒才慢半拍的替我們相互介紹並且邀請他同桌入座（又來了！），接著他在桌子底下偷偷踢了我一腳，我後來才知道原來是因爲在那當下我不自覺的翻了個白眼，我不記得我有翻白眼，但我有點知道我是個表情總是比情緒快一步的人，很多話其實我都沒有開口說但臉上的表情卻都替我說了。

我也在桌子底下狠狠回踹他一腳。我一直沒有告訴過李建儒其實我從小就學柔道和女子防身術，因爲我的那個瘋子老爸總是告訴我們這個世界好危險的，女生必須學會一身好功夫才能夠保護自己。

我中斷的記憶是從這裡重新開始的，就是在李建儒因爲小腿骨的疼痛而哇嗚的當下，這奇怪的人清了清喉嚨並且把尷尬的表情換成好官方的微笑，然後他操著好聽的聲音（我發誓這和他開口的第一句話是完全不同的聲音語調，就是那種我們對媽媽以及對媽媽以外的人會有所不同的那種差別語調和聲音）。他微笑的直視著我，問：

『剛才太白痴了，眞是不好意思，我們可以重來一次嗎？』

我看著他的臉。

『妳好，我是王瑞謙，之前常在李建儒的臉書看到妳的照片，妳長得眞的好像酷NANA。妳知道她是誰嗎？』

我看著他手上似乎挺高級的機車手套。

『沒關係，你們今年才二十七歲吧？日本漫畫NANA知道嗎？也有改拍成電影，好幾年前的電影了啦、說起來。』

我看著他手腕上的勞力士，好像跟我媽的是同一款，我記得當時她帶我去買手錶我不選勞士力卻挑了香奈兒的J12時，她還覺得我很不識貨沒品味。

『我想是髮型的關係，妳剪瀏海啦？』

「我該爲此道歉嗎？」

幹。

我想他那個表情那個嘴型說的是這個字，雖然他以爲自己已經轉過頭所以我們應該是沒看到，本來我以爲他會直接走人的，因爲他接著又換了表情微笑著拒絕李建儒邀請同桌的提議，但不知怎的他停下了原先的腳步，轉身拉開我們隔壁桌子的椅子，說：

『不用啦，不打擾你們了，我只是路過來吃個東西而已，很快就要走了，還有事啊。』

只是路過，還有事啊。

這傢伙嘴巴上這麼說，但結果卻是慢吞吞的和李媽媽閒聊好幾句之後才點了餐，接下來還一直隔著桌子參與我們的聊天——嚴格說來是和李建儒聊天。

明明就還假兮兮。

男人。

我沒怎麼聽他們在聊些什麼，我專心的看著他的側臉，花了好一會兒時間才終於想起他是誰，眞搞不懂我怎麼會一開始沒認出他來；我經常看見他的名字和照片、不只是在李建儒的臉書上，這男的照片上好看多了，很高很帥很有味道，而且很愛拍那種帶有憂鬱氣息的側臉照片，撇開有點做作不說、照片是眞的滿迷人的，他本人其實也不錯，只是沒有照片上的有味道，他本人很痞，一點也沒有他文章裡那股知性暖男的氣質。我知道他很有名，就算我沒看過他的書也知道這傢伙是誰是幹嘛的，只是我沒想到李建儒居然會認識這麼一個名人而且還變成是好像滿熟的朋友；李建儒從來沒有告訴過我、他是怎麼認識這痞子的，我猜李建儒大概也沒種告訴這痞子、其實他從來沒有看過他的書。

喜歡這痞子的是李建儒的前女友，而且還是會搶先預購簽名書並且還一早跑去簽書會領號碼牌那種程度的喜歡。我從來沒有看過李建儒的前女友，也忘記她什麼名字，連李建儒究竟有沒有跟我提過她名字都忘記的這種程度；只記得那陣子李建儒好像開始認識了一些新的人，會開始做一些平常他不會做的事，說一些他平常不會說的話，他還經常提起好多我不認識的人以及轉述他們說過的話做過的事，直到很後來我才知道其實從頭到尾都沒有他們，從頭到尾都只是她。

她說過的話，她做過的事，她和他，他們。

我是直到他們穩定交往了好一陣子以後才知道這件事情的。隱隱約約只聽到她是他們學校心理系的同學，兩個人在學校的時候完全不認識，畢業幾年後各自一個人旅行時在曼谷機場相遇，然後就這麼認識了起來。緣分眞要來的時候，擋也擋不住，是嗎？

擋不住也求不來。

那麼多日子的人肉鬧鐘抵不過一次的機場相遇。

印象中她是那種經常一個人揹著大背包就出門旅行的人，搭限時特惠的廉價航空睡合宿的青年旅舍三餐都吃三明治打發，跟李建儒眞是志同道合，而且每年還會幾個去柬埔寨或者泰北或者越南這類地方當志工的酷女生，好女孩。我從來就不是那樣的女孩，我那個過度保護女兒的瘋子老爸才不可能讓我變成那樣的女生，酷女生；直到大學之前我們出國還都是一起的家族旅行，搭商務艙住好旅館吃好料理，高中的時候之所以能不再由他接送上下課而是改成和哥哥一起搭公車還是抗爭了好久才被允許的事情。

被過度保護的嬌嬌女，李建儒眼中的我，李建儒原來不喜歡我這一型，託了她的福，於是我才終於知道，真的。

回過神來，他們好像把話題帶到我身上問了我什麼正等著我回答，轉頭，我看著他們同時看著我。這痞子是什麼時候換到我們這桌來的？他不是只是路過還有事嗎？

男人。

『她經常這樣，突然的就神遊到異次元去了，以至於我經常得問她——』

「嘿！妳現在在想什麼？」我替他把話說完，然後在桌子底下又踢了他一腳。「對啦，你才是B612來的哩，快點回去吧，你驕傲的四根刺玫瑰花還在等你澆水呢。」

『老梗。』

『小王子。』

這痞子說，於是我驚訝的看了他一眼。眞沒想到這種油腔滑調的痞子也看小王子？

『其實我也經常這樣，』油腔滑調的痞子切換了聲音和語調繼續說，不是和媽媽講話的那種，也不是劈頭就問怎麼不像酷NANA的那種，『難怪我老覺得跟妳一見如故，說起來我們其實是同業。』

「你不是作家嗎？」

『暢銷作家。』他開玩笑的說，但眼神卻其實認眞得很，『其實我是畫插畫起家的，後來發現我的文字比起我的畫好像更受歡迎更有共鳴，所以，我就變成現在的這個我了。』

他依舊開著玩笑但眼神認眞的說，以至於我忍不住看了看他的手，總覺得好像有個隱形麥克風正握在他手上。有正常人會用這種在演講或者被採訪的口氣和朋友閒聊天的嗎？

『所以說起來，你們都是老師？英文老師和畫畫老師？你們是因爲這樣認識的嗎？』

『不是，我們從高中就認識了，因爲總是搭同一班公車的關係，唔，算來都十年了？』

「天啊，居然都十年了，好噁心。」

然後我們一搭一唱的說起人肉鬧鐘以及那罐馬油，那罐馬油李建儒從來就沒有告訴我他究竟打開來搽過沒？而且，往後他去日本玩的時候總是不會忘記帶一罐馬油給我當作伴手禮，我始終搞不懂他是什麼意思。我又不需要。

『而且她很厲害，一開始只是和三兩個朋友在星巴克約了一起畫畫，就因爲畫得太厲害也太會教了，所以一傳十十傳百，就這麼開起課來，本來只是在畫室裡的小小班級，後來變成社區大學的熱門老師，她的課很搶手喔，每一期都被搶名額搶到候補。』

「眞難得聽你誇讚我。」我說，眞心的說。

『妳教什麼畫？』

「色鉛筆，這幾年才紅起來的畫材，比較容易入門、因爲。」

『而且她很嚴喔，根本就是個控制狂，筆要削得尖尖的，每個學生回去都會耳鳴這句話，因爲紙質啊紋路啊什麼的，千萬別問她這個，因爲她一開口就停不下來，而且就光是只講這個而已喔、紙質和紋路。每個學生對她根本就又愛又恨的。』

我瞪他。

「是啦，你也很厲害啊，一開始只是兼家教，後來變成在語文補習班當英文老師，現在甚至是大學講師了呢。」

『是啊，眞沒想到沒喝過洋墨水也能在大學當講師是嗎？雖然只是一年一聘而已啦，而且寒暑假還沒薪水領。』

喔拜託，我就失言過那麼一次，也好記恨到現在還一直提喔？我還沒說他故意學得滿口英國腔是在證明什麼咧？小氣鬼。而且當時明明我問的是：只是碩士就能在大學當講師？好啦，可能我眞的有稍微提過沒出國留學也能當大學講師？但我又沒有言外之意，只是單純很驚訝而已啊。

『而且這面牆是她漆的。』

大概是也察覺到火藥味有點重，所以李建儒換了個話題說，我眞不敢相信他選擇換了這個話題說。他是眞的粗神經還是根本不在乎？

那面牆是我漆的，的確是，我們大四那一年，我記得很清楚。

那一年我失戀，本來等著我大學畢業後去美國和他一起留學的男朋友，後來隻身在異鄉覺得寂寞覺得冷就這麼認識了同樣覺得寂寞覺得冷的新女友然後決定我這個時差女朋友可以是前女友了；那一陣子我覺得好難過好傷心，還一度想要死，眞的沮喪的把自己否定到認爲不必活也可以了，那一陣子是李建儒陪著我走過，他接過我無數次深夜的哭訴電話，每一次他都靜靜的聽我哭，他動不動就會跑來看看我是不是還好好活著有沒有還活著，他一有時間就想要帶我出去看風景散散心，他會帶我出去吃我喜歡吃的東西還半哄半騙我不可以浪費食物耐心的看著我一口口吃掉，他對我好到每個人都覺得他是不是其實在喜歡我？想趁虛而入的在追我？

直到我其實已經比較不難過也不太傷心了他還是持續對我好。

然後是那一天，他開心的說李媽媽終於能夠擁有自己的咖啡店了，就是他原先打工的那家，他姐姐頂了下來送媽媽的禮物，他那天好開心，我永遠會記得他那天開心的樣子，開心得好像是個孩子。是那種根本就烙印在我視網膜了那種程度，他開心的樣子。

然後我提議想幫李媽媽的忙，然後他說算了吧我這個嬌嬌女還是等重新開幕再去捧場就好，那是他第一次對我說出嬌嬌女這三個字，而往後他會對我說出無數次；無論如何那時候我還是去了李媽媽重新裝潢中的店幫忙，我被負責分派到的工作是油漆這一面牆，確實我是個嬌嬌女沒錯，在那之前我拿過最重的東西大概就是畫筆了，我漆得好爛，爛得他一直笑，他笑著要我還是繼續拿畫筆就好了，他笑著提議我乾脆在牆上畫幅畫好了，就是在那個當下，是的，我問了他，我真的把在心底擱了好一陣子的疑問開了口問了他：

「欸，你是不是在追我啊？他們都說你這是在追我。」

然後他楞住，然後他沉默，是的，他沉默。

我把他的沉默當成是種回答，我丟下油漆刷子以及這整面真該再重漆一遍的漆得好醜的牆，轉身走出這家轉角的咖啡店，然後獨自哭著走完那一整條街。

而他沒有追出來。

他應該追出來的。

我有點忘記後來我們是怎麼又走過尷尬重修舊好的，但我想應該是他裝沒事的繼續找我約我對我好，而我想想認定是自己想太多發神經反正也只是再一次被不要了而已那又沒什麼而且眞的是很喜歡這一個朋友很依賴他對我的好所以就這麼又重新友好了起來吧。

他的確很會裝沒事。

只是後來我們都沒再提過這件事，有時候我甚至會以爲那只是我記憶裡的錯誤，是不是其實我根本就沒有問出口？會不會他當時只是反應比較慢了回答？他一向反應好慢的。

喔算了吧騙誰啊，眞的有淪落到要自己騙自己嗎？都幾歲了。

只是並沒有自以爲的被愛著而已，就這麼點破事，有什麼？

只是每次我看到這一面漆得好醜卻被保留著的牆時，總是會忍不住又想起那一天那個問那沉默那面牆那條我獨自哭著走完的街以及那個以爲是被愛著的自己。

爲什麼不把這面牆重新漆過呢？

所以他眞的從來沒有喜歡過我？

『而且這面牆是她漆的。』

他說，而我愣住。

接著，我們同時驚訝的聽到這痞子說：

『我很喜歡這面牆，不完美，可是很有情緒，感覺很對，心情不好的時候我總是會來這裡看這一面牆。』

他用的是第一種語氣，手上沒有隱形麥克風的那種。

第三章　王瑞謙

「我很喜歡這面牆，不完美，可是很有情緒，感覺很對，心情不好的時候我總是會來這裡看這一面牆。」

我說，而她楞住。

她被我電到了，一定是，她那表情那眼神，我才不是故意選在這時候說出這句話暗示她或者討好她，我只是眞的很喜歡這面牆而且剛好在他們聊起時順道說出來而已，然後她就被我電到了。人帥就是這樣，很麻煩的。

我先前腦子裡那些亂七八糟的壞情緒全留在那裡那面牆前，我換了愉快的心情回家，我甚至還一邊哼著歌一邊搭電梯，如果不是太神經的話，我大概還會對著監視器問聲好；我登入私人的臉書帳號在李建儒的貼文裡選了篇回覆，我不記得也不在乎自己回應了什麼廢話，只記得要選她也有回應的貼文廢話，這樣她才好知道我私人的臉書帳號是哪個然後對我發出加好友的邀請，我對於喜歡我的女孩一直很友善體貼的，這是一個好男人應該具備的基本紳士態度，眞的不必太扭捏做作，被喜歡畢竟是種榮幸，沒有人欠你一個好或者欠你一個喜歡，就算是萬人迷也不例外，嗯，這想法不錯，很正面，很溫暖，我就著這想法寫了篇文章但把萬人迷這三個字拿掉就這麼處理掉信箱裡其中一篇雜誌邀稿，接著三個小時過去，這女的還是沒有對我發出加好友的邀請，沒有人對我發出加好友的邀請。

她還沒有檢查手機是嗎？是不是上課去了？我檢查一下李建儒的臉書，我發現她回應了李建儒那篇貼文，沒關係，她可能是害羞、畢竟是學藝術的人，等一下，還是說她覺得高攀不上我？好，這是很有可能的，沒問題，我主動回應了她的回應，還有點直白但其實只是想主動表達友善的說：今天很高興認識妳。

然後，媽的，那篇貼文就那麼冷在那裡不再有人回應了。

什麼東西啊！什麼跟什麼嘛！爲什麼要這麼沒禮貌呢爲什麼呢？我很難得回應別人的貼文耶！我可是冒著私人帳號會曝光的風險回應的貼文耶！我氣嘟嘟又坐在電腦前寫了篇有點類似他其實沒那麼喜歡妳的文章放在粉絲專頁更新，後來還怒氣難消的把那些拖了好久沒寫的邀稿全寫了寄出去並且把信箱裡那些收到好久都沒力氣回的讀者來信全回了去，然後時間就這麼過了去，等到第三天的時候，她還是沒有對我發出加好友的邀請。

算了啦隨便啦，反正我也不是真的很喜歡她，我只是大概真的有點寂寞了想找個人來愛同時也被好好愛著而已。

隨便啦誰在乎。

我嘴巴上這麼告訴自己，可手指頭卻還是滑起了她的臉書偵察敵營，嗯，她的畫是眞的很不錯、對比她漆的那面牆而言，唔，眞沒想到她的課好搶手，連候補都要排隊的那種，不過她課開得不多，一週五堂兩個下午三個晚上一堂兩個半小時，那她剩下那麼多時間要幹嘛？她的收入足夠生活嗎？她該不會是已經結婚了吧？當我發現到自己居然有點動念想要報名參加她的畫畫課好旁敲側擊時，我眞的惱得想要開車撞自己了，什麼狗屁精進一下自己的畫畫技巧反正時間多的是？騙誰啊，我王某人怎麼可能淪落到自欺欺人的地步？手繪笨死了，都什麼年代了。

可是我時間眞的很多啊那不然——

「閉嘴！」

搖搖頭，我叫自己撥出凱安的電話，我一邊聽著電話鈴響一邊祈禱著凱安不在台灣，因爲我並不是眞的想要和他說上話或者見個面，我只是想要做個別的什麼事情好讓自己轉移注意力而已，在這麼個覺得寂寞覺得冷想找個誰說說話隨便說個什麼話都好可是卻想破頭也想不出來能找個誰想找個誰說話的空虛午後。

一個人的午後。

第七響，凱安接了：

『怎麼樣？你又出新書要我拍照片囉？』

「沒。」

『還是改變主意要跟我去南極了？南極好美的，而且沒有人！』

「除非我瘋了。」

眞的，我第一次也是最後一次和凱安出國玩就是去挪威，結果淪落到在深山裡揹著大背包徒步一天一夜就爲了尋找他媽的永晝，我走到幾乎都要斷氣了，我眞的覺得當時就這樣直接斷氣算了。

「你不是應該在芬蘭追逐極光嗎？」

『是西藏，而且我是去拍冰川跟草原還有湖。反正那都上個月的事了。』

「現在是幾月？」

「別逗了老弟，沒事做的話哥燒幾個家常菜一起晚餐吧，你老是外食很不好哥是跟你說眞的，晚上我們可以順便喝個小酒看看我又拍了哪些好照片回來。」

不要。

如果是平常的話我一定會這樣說，爲了自己的身心健康好直白的這樣說，可是此時此刻我卻聽見自己說了好，在這個覺得寂寞覺得冷的空虛午後，沒有想見的人沒有想說的話沒有想做的事但卻又不想要一個人獨處的他媽的午後。

我是不是快瘋了還是只是快更年期了？人到了幾歲會開始長白頭髮？那老花呢？那三高呢？那——喔，閉嘴！

凱安。

我從以前就不愛單獨和凱安出門，我們總是被誤會是一對。凱安是個體型高壯的粗獷大叔，就是那種你一看到他腦子裡就會自動浮現李宗盛那首〈山丘〉的那種性格大叔，平頭微禿留落腮鬍，在某些特定族群的女性同胞眼中好像是個算有魅力的可愛歐吉桑，但在一般人眼中就是個很陽剛、陽剛到行車糾紛遇到這種人時你絕對會告訴自己算了啦人生嘛還活著就好啦的那種外表，正因爲凱安是這麼的陽剛粗獷以至於站在他旁邊總是顯得我有點娘炮，然後我們經常會被不明就裡的人誤以爲是一對，而且還是老夫老妻了的那種，對於彼此熟悉到厭煩了卻也沒有別的更好選擇的那種。

我的人生一定是遇到瓶頸了。

當我和凱安不約而同頭戴棒球帽臉上掛著膠框厚眼鏡身穿帽T厚棉褲腳踩帆布鞋推著滿推車食材走向好市多收銀台時，我心底忍不住這麼納悶著，因爲別說是路人，就連我自己都覺得我們眞的是一對了，而且還是身穿情侶裝的那種老夫老妻。我的老年生活該不會眞的就和這傢伙一起過吧？

好恐怖喔。

『啊，我忘記拿黑木耳了。』

「別管黑木耳了，快輪到我們結帳了。」

『可是黑木耳好處很多，它的熱量很低還可以減緩醣類吸收調節血糖濃度——』

「我討厭黑木耳的味道，而且快輪到我們了。」

我吼他，可他繼續說：

『我可以把它煮到完全沒有黑木耳的味道，而且它可以幫助排便預防便祕還可以抗凝血……』

他就這樣一直講一直講他眞的這樣一直講一直講、講到周圍的人都在看我們了連收銀員都刻意放慢了結帳的速度只爲了聽黑木耳的功效又或者是想知道他老兄究竟還要黑木耳多久？

『要不，我去幫你們拿黑木耳好嗎？』

我身後那個揹著軟綿綿嬰兒的太太試著客氣的問道。

「你還是去拿好了。」

我投降，然後轉身請這位太太先結帳。

『你朋友是什麼星座的啊？這麼會碎碎唸？處女嗎？』

「巨蟹。」

不是星座的錯，我試著正直的解釋。是他這個人生性難纏，雖然他也不是故意的，他只是真的很會磨人而已，職業病，更別提這還是他比較像個正常人的時候，如果他手上拿著單眼相機，絕對不會有人想要遇到他的，根本就恐怖分子了手拿單眼相機的凱安，眞的。

眞的。

當初我們就是因爲拍照認識的，那時候我還是菜鳥新人作家出版了三兩本圖文書可是滯銷得很，但管他的我還是繼續寫繼續畫，因爲她總說我眞的是可以的也應該繼續堅持的，天哪她那幾年眞的是花了好多時間在我身上鼓勵我相信我支持我；後來我遇到了新的編輯，小瑜建議我要不捨棄圖文書改寫兩性文章或愛情小說？小瑜明確的指出我的文字比我的畫更具吸引力，小瑜進一步建議我要不要拍個作者照片？然後凱安就是小瑜找來的攝影師，然後我就變成了現在的這個我；如果不是早知道小瑜是凱安當時的女朋友，否則我眞會以爲凱安想吃了我，因爲他眞的對我露出獵人追逐獵物的狂野眼神、當他手裡拿著單眼相機的時候。

『你爲什麼都沒有好好拍過照片？你爲什麼這麼不自在？你應該要很適應鏡頭的！你側臉的線條這麼優美！你的朋友們都在幹嘛？他們爲什麼都沒想過幫你拍個像樣的照片？你們好浪費！你們爲什麼要這麼浪費？』

他當時說，他當時眞的這樣說，好激動的說，如果當時不是還有出版社的人在現場的話，他可能眞的會激動到搖起我的肩膀來；他往後還是持續這樣說，每當他手裡拿著單眼相機而我活該倒楣就站在他眼前時；小瑜以前很愛側拍凱安拍我的工作照片，每張照片都有個瘋狂到幾乎射出光的背影以及我這個明明就飽受驚嚇卻要故作鎭定的物件，那些側拍照片在往後都變成了好笑的回憶紀錄，只是小瑜在分手後雖然繼續擔任我的編輯卻說什麼也不願意再見凱安的面，認識他們的人都會理解這是人之常情非常合理；凱安眞的不應該逼小瑜爬上海邊的懸崖讓他拍照的，而且還一拍就兩小時三百張照片只為了拍到對的光線對的角度和對的那一刻。

『我只拍唯美的東西！』

凱安總是這樣吼，真的是用吼的，每當他手裡拿著單眼相機的時候，這恐怖分子。

那些恐怖的經歷後來都變成是好笑的回憶，只是，也都只剩下回憶了；只是我沒想到如今一起坐在彼此身邊翻閱這些回憶的人會是凱安。瓶頸啊瓶頸。

「喂！放首〈山丘〉來聽聽啊。」

『你要蛤蠣湯還是炒蛤蠣？』

「別跟我談這種俗氣的事情好不好？」

『那我還是炒蛤蠣好了，九層塔也該用掉了。』

「那我要味噌鮮魚湯，加很多很多的蔥！算了算了，還是來個砂鍋魚頭好了，這天氣！」

『好。』

欺負他眞爽，物件的復仇。

飯飽，酒足，看照片，以及，是的，men’s talk。

「哥的手藝這麼好，沒個嫂子同桌分享眞是可惜了。」

『那個喔，算了啦，過了某個年紀就不會在意了啦，有也好，沒有也罷，隨緣啦。』

「哪個年紀？」

『非常想要結婚定下來抱著同一個女人就這樣一起變老的年紀，根本就懶得再找再換再適應了，說穿了、就是你現在這個年紀。』

「靠北。」

『跟你講，我都想好了，我已經開始存錢打算老了在台東買個老房子後院種青菜再養個幾隻雞好能夠吃到自家的雞蛋，市面上的蛋喔——』

我瞪他，他於是識相的停住了滿口的養生經，他改口：

『反正啊，到時候別忘了來探探獨居老人吃吃好菜啊，還是乾脆一起同居養老作伴？』

「不管是探望獨居老人還是兩個獨居老人一起作伴我都不要，我不敢搭國內線的小飛機，很晃。」

『普悠瑪啊。』

「票很難訂。」

『你給我滾！』

「不要。再給我一罐啤酒，我等一下叫計程車好了。」

『好。』凱安起身去拿了兩罐金牌過來，他把其中一罐連同問題丟回給我：

『你呢？最近遇到了什麼妞兒對吧？』

「沒有。」

『你少來，我有在默默觀察你的臉書，粉絲專頁更新那麼快還跑去回應朋友的貼文，你這個冷血鬼沒事才不會這樣做。那個妞兒是誰？正不正？你寂寞了對不對？』

「只見過一次面而已，八字都沒一撇。」

『那就去撇啊。』

「才不要，我有偶像包袱。」

『跟你講，男人啊，也是會年老色衰的，尤其是你這種好看的。』

「幹。」

幹，我居然連一起養老的伴都沒有了，我本來以爲我起碼還會有凱安的，他這個人雖然怪歸怪但確實非常善良會照顧人還燒得一手好菜啊，到時候我生病了他一定會帶我去醫院吧？沒錯他一定會！但如果換成是他生病了呢？喔，我頂多幫他叫個計程車吧，我起碼會幫他叫個計程車的；可是這會兒這一晚他卻告訴我他老了要去台東住，天哪，我到時候會不會孤單的寂寞的可憐的無助的發慌的跑去跟他住？台東的醫療方便嗎？房價還沒漲吧？我要不要先買一棟好了呢？後院可以種個菜還養幾隻雞的那種，畢竟，兩個孤單老人還可以互相照應，怎麼說都比獨居老人老死在公寓裡屍體都發臭了七八天還沒人發現好吧？我是不是該開始跟管理員好好建立關係了？管理員到時起碼會幫我叫個計程車吧？

喔天啊，我王某人眞的淪落到把凱安當成老伴了？因爲男人啊，也是會年老色衰的沒錯啊，尤其是我這種好看的，幹。

「晚安。」

經過管理室時我聽見自己微笑著跟管理員打招呼，接著我得到他一個受驚的眼神，我平常是有多不友善嗎？什麼跟什麼嘛，這個世界怎麼了？這個世界歪掉了吧？走進電梯的時候我突然很想爲自己好好痛哭一場，可是結果我沒有，我才不想要在電梯裡面哭，我起碼可以爲了自己忍到走進家裡面再哭的，可是結果我走進家裡也沒哭，我只是看著剛好響起的手機然後故意就這麼讓它一直響著而已。

看著電話停止之後我把手機丟在沙發上直接走去浴室洗個熱水澡，很熱很熱的水，我沖了個很長很久的熱水澡，把自己洗得都熟了，淋個醬油的話都可以直接挾來吃了的那種程度熟，早知道就直接泡澡好了，可是剛喝完酒能不能泡澡？如果我突然快死了會不會有誰來救我？

煩死了。

我打開冰箱拿了一罐金牌重新坐回沙發，我看見李建儒傳的訊息，我看見他問我下星期要不要去阿里山看日出？兩天一夜的行程。

你瘋了啊？你知道這時候阿里山溫度才幾度嗎？白痴！我最討厭冷了。

我是很想這麼回的，可是我沒有，還好我沒有，我只是隨便傳了個貼圖敷衍過去，因為他接著回訊息表示下星期六是筱茜的生日，他很想帶她去阿里山看日出，可是如果只有他們單獨兩個人的話可能不方便成行，畢竟孤男寡女——

我回覆他說好。

第四章　魏筱茜

原來是我誤會了、當李建儒問我生日要不要去阿里山時，我以為他的意思是只有我們兩個人，我們以前去了好多地方玩但從來沒有兩個人單獨出遊過。

我真慶幸自己當下沒有問出口確認些什麼沒有重蹈覆轍以為他這次是真的想追我了或者說些什麼你也先告白再約女生單獨出遊吧這類的玩笑話，人在失戀期的時候是很容易因為脆弱因為孤單因為想證明自己還是被愛著的能夠愛著的於是亂槍打鳥，這我知道我當然都知道，想來我那一年不就是也這樣的心情嗎？

是嗎？不是嗎？

還好我沒有，因為結果他的意思不是只有我們兩個他還約了那痞子，而且還是當他訂好了旅館時才終於告訴我的，他老是這樣，他每次都這樣，總覺得不必什麼事情都告訴我，好像我只是他的一個配件或者一個隨身行李；他對前女友是不是也這樣？還是他只有對我這樣？

我們好久沒有出門旅行了，自從他和那女的交往之後就沒有，自從他和那女的交往之後我甚至見也不見他的面連他打來的電話也不肯接，我花時間去見別人的男朋友去和別人的男朋友電話熱線幹嘛呢？但有一次例外，他在李媽媽生日那天要李媽媽打電話給我問我要不要一起過生日？陪你媽媽過生日的這種事情應該是由你女朋友去做才對吧？當下我是很想這樣說的，眞想直接就這樣說的，可是我沒有，李媽媽是我的死穴，我沒辦法對李媽媽說不，從來就沒有辦法，他一定也知道所以才故意，但是結果那天我還是沒有去，我只是選在前一天私下跟李媽媽說眞的有事沒辦法去然後當天宅急便了蛋糕過去。

他是知道的他都知道的可是那又怎樣呢？他還是愛她的他還是照樣愛著她，他知道他愛上別人了我就不要理他了可是他顯然並不如我以為的在乎呢，當初口口聲聲說著世界上他不能失去的女人第一是媽媽第二就是我的這傢伙結果還是愛得放不下呢，他其實並不愛我也不如我以爲的那麼在乎我吧？

我們就這麼整整一年的時間不見面，直到他們分手後直到那一天在李媽媽的店裡才終於又見了面，面對面，整整一年的時間，我們各過各的，平行著活。

一開始我覺得不是很高興這痞子也跟來，他不是大名人嗎他應該很忙啊他幹嘛要跟來啊？我覺得好討厭但卻又沒有立場直白的叫他不要來；本來是這麼懷抱著敵意在心底厭惡著的，但結果這一天隨著相處的時間一分一秒過去，反而開始覺得其實還滿有趣的，這傢伙，這兩個人；他在這痞子面前好瞥，他一直就是個好脾氣的人只是行事獨斷了些，但是在這痞子面前他根本就瞥到逆來順受了。

我看得好想笑。

一開始是車。

這痞子看到在他家樓下等很久的我們，他開口的第一句話不是『抱歉抱歉我睡過頭了你們有等很久嗎？』卻是『嗯，還是開我的車好了，讓你開！』接著他說了車位樓層號碼然後就這麼自顧自轉身離開，他沒看見李建儒臉上失落的表情，那是他爸爸留下來的車，確實是老車了，但保養得很好，他很愛這部車。

逆來順受。

這痞子每經過一個休息站就要停下來尿尿抽菸買飲料，他每去到一個景點就會選好位置挑好光線擺好姿勢要李建儒幫他拍照片，他吵著說晚餐要吃李建儒介紹的那家砂鍋魚頭但上菜之後卻只吃了一口就把碗推開，他明顯不是很高興我們爲了他的堅持而繞路去晚餐於是直到天黑之後才開上阿里山的山路，他一直囉嗦著天黑之後才開山路眞的好危險喲，他倒是怎麼不想想這是爲了什麼呢？

他根本就是個任性的難伺候的大少爺。李建儒到底喜歡他什麼？只因爲他是他朋友的這件事情讓他有了切入點進而追到前女友？

白痴。

活該。

趁著大少爺在黑漆漆彎來繞去的山路途中經過第一家7-11又堅持要停下來尿尿抽菸買飲料時，我忍不住問李建儒：

「這是你第一次跟他出門旅行嗎？」

『不是，他以前是比較客氣的，可能他最近比較忙還是什麼的。』

「那、會有下一次嗎？」

『我——』

『好了你們！繼續上路吧！天都黑了眞可怕。』

大少爺走出7-11之後就馬上這麼宣布聖旨，也不管我們手中的咖啡才喝了兩口而已，他眞是把做自己這三個字詮釋得淋漓盡致哩。

『冷死了現在一定才零度！去年我在馬來西亞簽書會時還嘲笑接待的工作人員白痴死了來台灣去阿里山跨年，那是最冷的時候耶！要嘛也夏天來，還比較大機率可以看到日出和雲海。但結果我現在，嗯？』

我懶得理他，不過李建儒有禮貌的回應了些什麼，我沒去聽他回應了什麼。

『喔對了，你待會開慢一點好不？我都快暈車了，是彎來彎去的山路耶還開那麼快！有夠危險的。誰要吃酸梅？我有買。』

「我要。」

我接過大少爺的酸梅，因爲其實我也有點暈車，但不知怎的我眞沒想到要叫他開慢一點，他大概是累了想快點到旅店吧，他幹嘛不叫大少爺換手開車就好了？

把酸梅還給大少爺時我忍不住偷笑。

『妳笑什麼？』

大少爺打開車門時轉過頭來問我。

「沒有啊。」

『我車上可以喝咖啡沒問題！別因爲是好車就拘束，反正啊，只是一台車嘛，自在最重要！』

我知道，我們都知道，因爲今天大少爺整路上都好自在的在車子裡吃吃喝喝但下車後還是吵著肚子餓要買東西吃。他怎麼都吃不胖？是不是因爲個性太機車了所以代謝比正常人還要快？

「我爸也開這台車。」

『喔，原來是有錢人家的女兒啊？』

我瞪他，然後說：

「把音樂開大聲一點好嗎？我覺得有點太安靜了。」

我酸溜溜的說，我看見副駕駛座上他的背影僵直了一下，他尷尬的彎腰伸手調整了車內音樂，不過卻不是把音量按大，而是快選了一首歌聽，田馥甄的〈小幸運〉開始唱進我們的耳裡。

愛上你的時候還不懂感情 離別了才覺得刻骨銘心
爲什麼沒有發現遇見了你 是生命最好的事情

詞／徐世訡 吳輝福　曲／Jerry C

在這優美旋律裡，他開始說，他慢著聲音說：

『我上一次來阿里山是好幾年前，一定都超過十年了，和我當時的好朋友們，我們四個人，很臨時起意的要上阿里山看日出，本來只是晚上約了在他家烤肉的，結果不知道哪個阿呆突然說要夜衝阿里山看日出，就去啊、誰怕誰，我們就這樣一邊相互嗆聲一邊加快速度收拾東西，然後，我們夜奔阿里山。

『那是我們四個人第一次開車出遊，其實在那之前，我們只是四個比較聊得來所以常會一起約了做些什麼吃些什麼看些什麼的同學而已，但是在那一夜之後，我們都具體地感覺到：我們這下子是朋友了，眞的變成朋友了，在那一夜之後，好多事情都不一樣了，那一夜明明什麼都沒發生哪，但卻好像又什麼都預告了，預告了往後的我們。』

講到這裡的時候，他聲音都變了。

也許當時忙著微笑和哭泣　忙著追逐天空中的流星
人理所當然的忘記　是誰風裡雨裡一直默默守護在原地

詞／徐世診　吳輝福　曲／Jerry C

『而其實，如果不是這次問我要不一起的話，我都要忘了這回憶，不誇張，眞的，時間會改變人好多也會讓人忘掉很多，好久沒有想起來了、那一年我們曾經夜奔阿里山，那一年，我們開始變成四個人爲單位的好朋友，想想也眞是誇張，居然連這也差點忘了，怎麼可能呢?曾經是那麼要好的朋友啊，後來卻都沒了聯絡，連帶的、這些我們一起的回憶也不再有機會不再有對象一起坐著說著聊著想起來了，久了，還眞以爲就忘了。但其實沒忘的，只是一直沒再想起來而已。』

他聲音裡有個她，不難聽出來。

而李建儒也是，雖然他從頭到尾都沒有解釋爲什麼選了阿里山來，但我猜，這是他和她走過的路，這是他的失戀之旅，雖然名義上說是爲了幫我慶生。

他只是想舊地重遊而已，沒想到卻同時觸景傷情了他和他。

「你們那次有看到日出嗎？」

『早忘了，都那麼久以前的事了，約得很臨時，連照片也不記得有沒有拍。』

『沒有。』

果然。

『然後呢，這整個星期我都在想，我們從出發夜奔阿里山到日出的這段時間都在幹嘛呢？這麼久時間哪，應該會待在哪裡喝個咖啡吃個什麼吧？可是究竟是哪裡呢？硬是想不起來，只記得開車的那傢伙暈車吐了，我們就這麼停在山路邊讓他吐個夠，有夠白痴的，乘客們都沒暈車，反而是司機暈車了。喂！李建儒，你現在還好嗎？要不要吃個酸梅？』

『不用了謝謝，我不會暈車。』

『那就好，因爲停在山路邊眞的是有夠可怕的，而且還是半夜。你們會不會怕鬼？這氣氛好適合講鬼故事喔。』

『怕。』

「不要。」

『好啦，掃興。不過現在我倒是整段路程的回憶都回來了，我們根本就沒有停車休息！就是一直開車一直開車，因爲哪、眞他媽的好遠啊！呃……我說粗話可以嗎？』

他轉過頭看我，故意裝出一臉紳士樣，裝得還眞是有模有樣。

「隨便。」

『好。那，妳要再來顆酸梅嗎？』

「拿來。」

『先說，我不是那種以爲一出左營高鐵站再搭個半小時計程車就可以到墾丁的白痴，但是阿里山、天哪！上山的路可眞他媽的遠啊！我看你還是開快一點好了，我屁股都麻了腰也開始瘦了。』

『好。』

就這樣，感傷的懷舊的泡泡稍縱即逝，難伺候又愛使喚人的大少爺重新回魂，只是不知怎的、我卻因此覺得很想笑也確實噗哧的笑了出來，還好是在黑漆漆的車子裡，所以這次沒有人問我笑什麼。大少爺屁股麻了腰也痠了眼裡看不見別人了。

連感傷的回憶泡泡也只是留在剛才那段路程裡了，大少爺的情緒眞是切換自如呢。

大少爺。

李建儒在出發前就有先提醒過沒訂到好旅館、因爲決定得倉促所以剩下的選擇不多，但我們沒想到是這麼爛的旅館，房間的牆壁很薄隔音好差，差到我能夠清楚聽見一牆之隔的大少爺完整抱怨的內容：

『四點起床喔？好開心耶我是講眞的，平常這時間我差不多才剛睡著呢！還好我有帶安眠藥。幹嘛那個臉？偶爾吃一次沒關係啦，而且我一次只吃半顆。你比我媽還囉嗦耶。』

『房間這麼小？我都快要分不出來這是個房間還是停車格了！你找到電暖器沒？快點開啦有夠冷的，我回去一定會感冒。』

『喔、拜託，你電毯開這麼強幹嘛啦？我屁股差點被燙傷耶。沒洗澡不要坐在床上？誰規定的？椅子？我才不要坐那張椅子咧那麼醜。不然你睡靠門那一邊好了。』

『沒有冰箱！我好高興喔眞的！也是啦，打開窗戶外頭就是個大冷凍庫了，我們倒是要冰箱幹嘛？眞是絕倒，旅館眞的因爲這樣就不給冰箱喔？那夏天怎麼辦？欸，你介意我在窗外抽菸嗎？那不然你先去洗澡好了，我要先喝個啤酒壓壓驚。』

『哇嗚好驚喜！我家的抹布都比這浴巾厚了！你去看她房間有沒有多的浴巾我要疊著用，這麼薄是要怎麼擦乾？我頭髮又那麼多。早知道就自己帶了！』

『欸、過來一下好嗎？你看一下這個釘在浴室牆壁上的迷你吹風機，我起碼二十年沒看過這麼老舊的機型了，還釘在牆上怕被偷喔眞是想太多。幫我拍張照好了，有夠搞笑的，這出風量連眼睫毛都吹不乾了我看。』

最後我聽著隔壁房間一陣又一陣無奈的沮喪的最終崩潰的吹風機聲中笑著入睡。

日出阿里山。

結果我們四點就起床還擠在難民般的人群裡排隊搭小火車卻沒有看到日出，今天的雲層太厚了、因爲，本來以爲大少爺又會牢騷一堆的，可是結果他卻沒有，在確認這次是看不到日出了之後，他老大神清氣爽的拍了好多照片還主動拿相機幫我和李建儒拍合照以及我們三個人的合照，最後還心情大好的主動提議步行下山。

『多呼吸點芬多精嘛你們。』

我猜他那次也沒看到日出。

神奇的山，他口中的阿里山，我開始也有點這感覺了，具體的，因爲他整個人像是脫胎換骨了似的，連靈魂都被重新抽了換過的那種程度，煥然一新。

旅館的早餐很不怎麼樣，他也煥然一新的沒抱怨，甚至還體貼的主動跑去找位子並且幫我們添稀飯，早餐過後李建儒想說回房間補個眠時他也煥然一新的贊成，最後這個煥然一新的傢伙甚至跑來輕敲我房門。

『幹嘛那個臉？放心啦，我不會對女生亂來，拜託喔、我長這麼帥，有必要嗎？』我沒聽錯，他眞的若無其事的說自己長得帥。正常的大人會這樣嗎？

「只是他在睡覺而已，我想說那不然別吵他來妳房間喝咖啡好了。外面好冷。妳沒在睡吧？』

他居然跑去7-11買咖啡而且還買了我的份？他居然怕打擾到李建儒補眠？他眼裡也是可以有別人的存在？神奇的山、這阿里山，的確是，或許他應該考慮長住阿里山。

我謝過他的咖啡然後告訴他我沒在睡，我不是那種補眠型午覺型的人，我一睡就要好久的，接著他開心的說他也是，然後伸出手好像想跟我擊掌，我看著他舉在空氣中的手，我看著他悶悶的惱惱的最後決定裝沒事的收回手插進牛仔褲口袋。我又有點想要笑了。

『欸，好神奇，妳房間也聽得到他打呼耶。』

「對啊，這裡隔音很差。所以你昨天的那一缸子抱怨我也有聽到，聽得一清二楚。」

他瞪著我，然後微微的紅了臉。有夠少女心的、此時此刻我眼前的這個他，好娘。他會不會其實是同志？

『所以，你們以前也常這樣一起出來玩？旅行？』

「是啊，所以我其實早知道他會打呼，而且還很大聲，他還會捲棉被，你昨天有被子蓋吧？因爲他會整個捲走，把自己捲成個麻花捲。」

『嗯哼，但還好是有電毯，然後他還把電毯開得好熱，我幾乎都要被煮熟了。』他翻了個白眼、說，然後挑著眉、問：『你們睡過？』

有沒有這麼直白的人？我沒好氣的解釋：「是我哥說的，以前我們經常三個人出去玩，所以後來我哥都和我睡，然後他睡加床，後來我哥去美國念研究所接著就在那裡結婚生小孩不回來了，於是變成是我和我閨密我們三個人出去玩，然後他也是睡加床。這樣算睡過？」

我挑釁著問，而他則尷尬的表示：這倒不算。

「應該說是前閨密了、其實，我們後來吵了一架就這樣不聯絡了，所以我和他也好久沒出去玩了，這還真是好久以來的第一次。」

『妳們怎麼了？』

我不想說，我把問題丟回給他：

「你們呢？你們四個人。你們後來怎麼了？」

他瞪著我，他鬧脾氣，好像我問的不是你們後來怎麼了卻是正對著他人身攻擊那般。他氣嘟嘟的說，他氣嘟嘟的學我說：

『把音樂開大聲一點好嗎？我覺得有點太安靜了。』

我笑了出來，這次是在他面前，他看著我笑。

「我又沒開音樂。」

『但我就是聽到了。』

「學人精。」

『我是。』

「幼稚。」

『也是。』

「都幾歲了你！」

『就要三十三了，但是那又怎樣？少以爲我會在乎！』

然後我們都笑了，有夠白痴的，眞不知道笑點在哪裡，可是我們卻都笑了，幼稚。

那又怎樣？誰在乎！

「但其實我也跟他吵過架，但那好像也稱不上吵架，只是整整一年沒聯絡、直到上次在李媽媽的咖啡店裡，就是你也在的那一次。」

『喔？你們怎麼了？』

「沒有怎麼了，只是他交女朋友了，然後我就不想理他了，這樣子而已。順道一提，他前女友是你的忠實書迷。」

他沒理會我最後那一句話，他好像沒什麼興趣，奇怪他這麼自戀的人居然對這沒興趣；也沒問我怎麼了就這麼不想理他了，他只是挑了眉撇了嘴，然後把杯子裡剩下的熱拿鐵一口氣喝乾，接著起身說差不多也該去叫司機起床了，這樣而已。

友好的幼稚的歡樂的泡泡瞬間破裂，我不知道怎麼了哪些說錯了是嗎？好個善變的無常的令人捉摸不定的傢伙，我當下的感覺是這樣。

第五章　王瑞謙

原來是這樣。她喜歡他，明戀還是暗戀不確定，反正她喜歡的是她的好朋友，最好的朋友，彼此認識了好幾年的那種好朋友，兩個人一起從年輕人變成就要不年輕的人，是那種程度的好朋友。

那我就知道意思了。不要隨便買咖啡給女人喝眞的，準沒好事，從來就沒發生過好事，這傻我是犯過幾次，但我現在對自己發誓那絕對會是最後一次；也不要隨便愛上自己的好朋友，聽專家的話，乖，那很不時髦，那種情節還是看看偶像劇讀讀愛情小說就可以，該留在戲裡書裡的還是不要隨隨便便搬進現實生活裡，童話裡都是騙人的，可騙人的並不只是童話而已，騙人的通常是妳自己。一碼歸一碼，現實歸現實，走出電影院之後就把眼淚擦一擦然後回到現實去排隊上廁所，好嗎？

時髦很重要。

回到我時髦的單身男子公寓之後，我累得行李一丟簡單梳洗連對著空氣抱怨幾聲的力氣都沒有、連今天還要吃藥嗎這陣子好像變成每天吃了耶這樣下去好嗎小瑜是不是又會囉嗦一堆的猶豫也沒，就這麼爽快的直接丟了半顆藥進嘴巴裡然後三分鐘的時間不到，我帥氣的快速睡著。

小史眞管用。

睡了好長的一覺一定都睡了十個小時有，醒來後燈沒開就這麼躺在床上躲在被窩裡就著從窗簾透進來的微弱陽光滑開手機點開網路——好好好我知道都知道，什麼視力惡化什麼頸椎移位什麼鬼的我都知道當然都知道我都幾歲了拜託喔，可是人生嘛，沒給自己來幾個壞習慣哪好意思稱得上是活著？

活得好舒服的我一滑開網路就被吵到立刻清醒，原來是昨晚李建儒把我們三個人加入line的群組，於是我的手機此刻瞬間瘋狂的叮咚個不停叮咚到幾乎都要飛起來了；這兩個人是喝符水長大的不成？怎麼可能那麼早起看日出然後一路玩到晚餐看夜景而且還那麼吃到飽似的走了好多行程之後，回家還有力氣又是丟照片又是聊天還一路聊到凌晨三點鐘？而且重點是、他們居然沒有抱怨我一直在抱怨？

這兩個是腦子進水啊？

我不知道該怎麼加入這兩個人的熱絡而且那反正也都已經是八小時前的熱絡了，所以我只是把相機裡的照片丟在群組裡然後留下一句我也玩得很開心認識你們眞好之類的客套話，然後我開始看照片。他拍的她拍的，被攝影控凱安折磨久了的結果就是你會開始不自覺地對著一張張照片挑毛病：這張的光不對。這張照片臉的角度怎麼沒叫我再往左偏一點？不然就完美了，眞是混帳王八蛋我下次要打他。這張的構圖、算了，這張照片根本就毫無構圖可言。這張還不錯、整體而言，不過照片左上角的那條綁在樹枝上的尼龍繩是怎麼一回事？全毀啦、就因爲那條誤入的尼龍繩。

但其中有一張照片很完美。那是在拍阿里山車站的照片，照片的右邊是車站的部分主體建築，照片的中間是我拿著單眼正在拍著鏡頭外的車站完整建築，身邊三三兩兩的好多路人，不過一眼就能看到位於照片正中央的我，我的右上懸掛個時鐘清楚指向十點二十六分，照片的最右邊還有列紅色火車正在進站。拍得很好的一張照片，ＭＶ畫面似的一張照片，好適合加上一兩句什麼文青的感性的旁白，雖然是完全沒有技術可言的照片，不過快門按得正是時候，當下的氣氛完全都被濃縮停格靜止了。這女的還不錯，對這照片是她拍的。

其實就路人界而言她拍照算是還滿會取景的，只可惜了愛情觀眞是不時髦。

群組裡那些將近上百張的照片我只儲存這一張，雖然一看就知道她想拍的是那畫面而我不過是剛好站在那畫面的正中間然後我們之間又隔了起碼六個人的距離，所以她也沒辦法叫我滾開索性就這麼拍了下來，不過誰在乎？反正那是張好照片，畫面很美，陽光很好，車站火車還有周圍的樹都很清幽美好，而且她把我拍得很帥。

本來我以爲這樣就句點了、在我儲存完這張照片之後，關於我和這兩個阿呆之間，可是結果卻沒有，結果到了晚上這群組又叮咚叮咚個不停，而且李建儒還問我能不能碰個面因爲他想要交換隨身碟好拿到照片的原始檔，原始檔？這年頭還有人在追求洗照片這件事情嗎？我們不是只要有ＦＢ或ＩＧ就夠了嗎？還是說這孩子只是單純的黏上我所以在藉故找機會見面嗎？身爲偶像名人就是有這麻煩。

雖然覺得麻煩死了還要打開電腦把全部照片全選複製又貼上，不過、算了，我還是很夠意思的回答他可以，我這人一向大方；然後是到了約定見面的那天，我出門前特地花了半小時梳了個好潮的髮型、穿上買了好一陣子都還沒穿過的新衣服，接著當我走進李媽媽的咖啡店卻只看見李建儒獨自坐在桌邊的時候，我惱得都想一路跑回家換回帽T牛仔褲了。

「那女的是不來了還是會晚點到？」

我差點就這麼脫口而出了，但是還好我沒有，我有偶像包袱畢竟，而且我才沒有無聊到要去喜歡一個愛情觀不時髦的人哩。

我是個時髦人士。

『筱茜從昨天晚上就開始鬧肚子，明明胃不好還嘴饞吃那麼多蛋糕，活該！』不等我開口問，李建儒就主動解釋起她的缺席，『本來以為吃個胃藥早點睡覺醒來就沒事了，可是沒想到今天起床後更糟了，胃痛到連腰都直不起來，胃在跳舞，但不確定是國標還恰恰，真服了她，胃痛成那樣還能亂開玩笑。』

「她還好吧？」

『沒事了啦，早上去醫院打了針回家休息，我叫她乖乖待在家裡休息不要來了。』

這是不是男朋友的口氣？我忍不住在心底偷偷判斷著，可是怎麼就是判斷不出來，眞可惡！一定是因爲我太久沒當過誰的男朋友了，都生疏了；那是什麼感覺？總是用什麼語氣談起自己的女朋友？該死的我居然完全想不起來身爲一個男朋友是什麼感覺用什麼姿態。李媽媽的店裡爲什麼不順便賣酒？從早午餐就開始喝啤酒有怎樣嗎？

「所以是你帶她去醫院的喔？」

不會還是用公主抱的姿勢一路跑去吧？那背景音樂的話就用——好了啦我是在酸溜溜的酸什麼？

不時髦。

『沒有啦，我早上有課，是魏媽媽上班順路帶筱茜去的。她媽媽是醫生。』

他眼底有個什麼情緒在波動，我不曉得那是什麼，也不曉得爲什麼會有那個情緒波動，但我總曉得別往這裡頭問去。

『不過其實我也沒有跟筱茜說到話啦，都是魏媽媽轉述的，line。』

「你和她媽媽line？」

『嗯啊，筱茜也會和我媽line聊天啊。』

「哇嗚～你們兩位的媽媽不會也是好朋友吧？」

『沒有啦，她們不熟也聊不上話，只是吃過一次飯而已。』

「你們四個人？」

『嗯啊。』

「這聽起來像是個提親見長輩的畫面。」

『完全不是那回事。』

完全不是那回事，他這話說得又快又急又篤定，想必是解釋過千百次了吧？他們一定經常被誤會是一對吧？既然解釋得很煩又幹嘛要一直被誤會？時髦人士可不愛來這一套，時髦人士以一種我眞的只是找話聊的姿態直白的問道：

「你們有在交往嗎？」

『啊？』

他眞的給我發出啊這個聲音來，還好此刻他嘴巴裡沒有咖啡，否則他一定也會往我噴來，那麼我一定會當場揍他。我有提過我身上這件襯衫很貴嗎？

「就感覺很像是啊，你們兩個之間的互動有種親密感，不只是好朋友那種親密感，可是很奇怪，你們不像只是好朋友但卻又從來不會對對方做出情侶之間通常會做的舉動。」

『因爲我們只是好朋友。』

他聲音硬硬的乾乾的說。

「喔，那就好，本來我都誤會自己是電燈泡了，還想說，你爲了我讓女朋友自己睡一個房間是也沒必要啦，因爲那眞是會很不好意思。」

話是這麼說，但其實如果他要我自己睡一間房我就根本不會答應去，我才不敢自己一個人睡旅館房間哩。

『你想太多了，完全不是那回事，我和筱茜不可能。』

爲什麼？她很正啊。

「不過她喜歡你吧？」

他把臉轉開。

「否則幹嘛一聽說你交女朋友了就氣到不要跟你好了？」

他還是轉開著臉不看我。原來像他這種好脾氣的人也會鬧彆扭喔？眞是大開眼界了我。

「好啦不聊這個了氣氛都僵了，像個小孩子一樣鬧彆扭是幹嘛？我們兩個人加起來都幾歲了。」我笑著輕拍他的臉，以一種好成熟又好世故的口氣哄他：「哥大概是昨晚沒睡好，所以這會兒腦子不太管用連帶嘴巴也開始胡言亂語了起來，我也不知道自己突然的講這一堆是幹嘛，不過我很願意爲此道歉。」

他頭轉了回來，他雙眼發亮的看著我，他問我：

『你終於又要開始寫小說了嗎？』

很好。這下子換成是我氣嘟嘟的把臉轉開不講話，而且我發誓要是他膽敢輕拍我的臉就像剛剛我拍他的臉那樣那我一定會揍他。

可是他沒有，還好他沒有，識相的傢伙，不錯。這識相的傢伙只是笑著說好啦對不起每天被好多人催稿一定很煩然後就讓這個話題結束，接著他拿出隨身碟來交換。

接著是幾天之後，我收到了一幅畫，尺寸是兩張Ａ４大小，畫的正是我站在阿里山火車站的那張照片，她拍下來的照片，她畫下來的畫，她寄到出版社然後出版社再寄給我這樣，好酷的一個女孩，我們每天在群組裡聊天閒扯淡，她幹嘛不直接問我要地址就好？藝術家的腦子眞難懂。

女人眞難懂。

我不知道那是用什麼筆畫出來的畫，好像是水彩但又好像不只是水彩，我對於畫具完全沒有概念也從來沒想過要去研究，我一向都只用電腦連接繪圖版畫，而且我也真他媽的好久沒畫畫沒想過要再畫畫也不太記得我曾經是個很喜歡畫畫的人；不過我還是看得出來這是張手繪的畫，畫得很細緻而且有種暖暖的溫柔感，那是冰冷的繪圖版畫不出來的溫暖。這樣的一幅畫要花多久時間？

我不知道我呆呆的凝望著那幅畫多久時間，只知道後來我跑去客廳望著牆壁想了解要把畫掛在哪裡適合？是直接掛我書房還是臥室？但在這之前我該做的應該是先拿去裱框吧？可是裱框這種東西是要拿去哪裡弄？

我滑開手機想查詢這方面的資訊，可是我想來想去怎麼也想不出來關鍵字要輸入個什麼好，最後我趁著被自己煩死之前做了個睿智的決定，我決定直接打電話問她就好了。

現代人總說著科技越進步人與人之間卻越來越疏離，不過對男人而言倒是相對省事多了，這年頭根本就可以直接略過問女孩要電話的這步驟、直接在Messenger傳個貼圖或者Hi個一聲開始私訊模式，然後按下通話鈕就好，我們甚至不必需要是對方的臉書好友。的確是沒有隱私，而且我一向介意這點介意得要命，所以我的臉書只有少少的二十六個好友，而且除了我總編和凱安跟李建儒之外，其他那二十三個人沒事的話根本就不會想要理我因爲他們確實認識我！

但這會兒，誰在乎？

『幹嘛？』

唔，好女孩，眞直接。

「我懶得打字又不知道妳電話而且妳也沒加我line所以——」

『所以幹嘛？』

她還是畫畫好了，她眞的好適合畫畫，她的畫比她本人溫暖多了。我沒好氣的說：

「我收到妳的畫了，想跟妳說聲謝謝。多少錢？」

『什麼多少錢？』

「當然是那幅畫啊，總不會是在問妳這個人多少錢吧？北七！」

我脫口而出最後那兩個字，說得太快太順口而且一說出口就立刻後悔了，我覺得她會立刻掛我電話，或者回敬我些什麼，可是結果她卻笑了，她在電話那頭清清脆脆的笑了。

北七。我在心底又說了一次，不過這次是帶著笑意說。笑意從心底蔓延到我嘴角眉梢。

不用錢啦。她說，她開始說。她習慣會為每一段旅程畫張畫當作是旅行的紀念。實際上這也是她最初開始學畫畫的原因，後來風景和建築畫煩了，她開始學著畫人，從最初的只會畫背影開始一路慢慢畫到側臉直到正面都沒問題了，所以她會為每一位旅伴畫張畫送給對方，多少是帶點自戀、她承認。那些很不錯的畫與其留在她的畫冊裡孤芳自賞佔空間，倒不如直接送給對方好了。

反正畫裡的那些人後來都變成了別人，或別人的人。

『純粹只是因為太閒啦，而且畫畫真的需要練習，所以其實我只是把他們當成練習的對象，但沒想到結果反應卻很不錯，甚至有些人也被激起了興趣開始要我教他們畫畫，就這樣，我從三三兩兩的業餘教畫畫變成了專業畫畫老師。』

「那一定是因爲口碑和實力！」

『謝謝。』

「我是說眞的，我這人一向不客套的。」

『看得出來。』

等一下，她這話什麼意思？

「那，妳也常畫李建儒囉？」

『對啊，我們出去玩過那麼多次了、當然。不過這次沒有，這次我只畫了你的這張照片。其實這張照片我本來只是想要拍車站建築和背景的樹和陽光而已，不過你剛好就站在畫面的正中間——』

「小姐，有些話呢是這樣，我們其實可以放在心底就可以，不需要每一句都說出來，好嗎？乖。」

然後她笑，我喜歡聽她的笑，和她外表完全不搭的，爽朗的笑。小女孩似的，有種很單純的感覺。

『好啦，反正，我這次只畫了你這張，因爲現在要教課了時間也不是很多，而且、再說，李建儒大概也收我的畫收煩了。』

「喔。」

『跟你講，其實我經常會小心眼的納悶，會不會那些人只是客套的說聲謝謝好感動喔，然後或者拍照上傳臉書貼文，接著轉手就把畫給丟掉了。我是不在乎啦、反正寄出去之後就不關我的事了，變成是別人的了。只是說，很希望他們起碼能夠垃圾分類。』

「這我是不知道，不過起碼我是不會的。」

『又沒關係，我這人也不客套的。』

「眞的。」我發誓。「實際上我打電話給妳就是想問妳哪裡可以裱框？這方面的事我是眞的完全沒有概念，因爲妳知道、雖然我一開始是以圖文作家——」

她確實不是個會客套的人，因爲她這會兒正毫不客氣的打斷我，她驚呼：

『眞的還假的？你要把那張畫裱框？』

「我騙妳幹嘛？有錢收啊？」喔，又太直白了、我，趕在她反應過來之前、我快快的說：「就掛在客廳沙發的正上方，我想。」

眞的假的？她再一次驚呼，不過這一次多加了哇塞這發語詞，接著她開始從框的材質啊畫的尺寸啊細節啊紙質啊哪裡可以處理得更好啊之類的講個不停，以至於我開始分心的想到在李媽媽的咖啡店初次認識她時、李建儒曾警告過我的：不要跟她聊畫畫，你會被煩死。

我確實後悔開口聊畫了，雖然嚴格說起來我只是問她該去哪裡把畫裱框而已而畫作的本身是她自己講啊講個不停講得眞是有夠久的。她究竟知不知道老子我一分鐘多少錢上下？搶在我開始動念把手機放在桌邊讓她乾脆自言自語去好了之前，我打斷她，我提議：

「不然這樣如何？妳帶我去裱框，然後我請妳吃飯當作是謝謝妳送的畫。但只能晚餐或下午茶，因爲我討厭早起。十二點以前起床對我而言都算是早起。」

你現在是在把我的意思嗎？這聽起來有點像是男人在約女人喔。

我本來以爲她會這樣直接的問，因爲確實她顯然是個很直接的女孩沒錯、不需要認識她太久就可以明白到這點，可是結果她卻沒有，結果她什麼也沒問她甚至很乾脆的答應說好啊沒問題，只是接著她問，她直接的這麼問：

『要約李建儒一起嗎？』

眞是不時髦的女孩，我在心底嘖了一聲。我幾乎都想掛她電話了或許再送她一聲北七好了。她聽了不知道會不會再笑出來，她這一次這當下一定不會。她一定會知道我意思，再北七的人都會知道我意思。

妳好像眞的很喜歡他喔？

我以爲我會開口這麼問，這麼直白的問，可是我沒有，我只是聲音乾乾的說了聲好啊，然後快速但卻欠缺禮貌的說聲那就再約囉。

接著我就掛了電話。

不時髦。

本來我是想把畫直接丟掉了，或許還做個垃圾分類、丟到紙類的資源回收去，就像她自己說的那樣、環保很重要的，可是結果我只是把畫捲起來，然後收到書櫃的角落，這樣而已。

不時髦。

我想著今天還有半個下午一個晚上要獨自度過，這麼多的時間我接下來該做個什麼好呢？把信件匣裡的邀稿寫一寫？乾脆把那部擱了好久的未完成小說繼續？還是自暴自棄的回覆那些演講邀約表示好啊我都去哪天幾點在哪都可以？算了吧騙誰啊？我根本從來就不演講的。自欺欺人最討厭了，我才不允許自己變成這種人哩。

不時髦。

還是去樓下的健身房流些汗如何？乾脆去騎重機如何？這次我總算會記得把

手機帶上，這樣我就有導航不會迷路不會跑去看那家早已經倒掉的店也不會再撞見機車阿伯不會躲到小巷子裡蹲著偷哭爲所有的一切感覺到難過更不會繞路到李媽媽的咖啡店去對著那面該死的漆得好醜的牆發呆了。

不時髦。

可是不太對，我覺得心臟好像有點悶悶的刺刺的痛痛的感覺？這是爲什麼？突然的？我怎麼可能爲了一個雖然每天在群組裡長聊而且單獨聊著也非常開心但確實只見過幾次面的女孩心痛？

會不會只是胸悶？我該不該帶自己去醫院檢查個心跳血壓或其他媽的什麼？有沒有可能只是胃食道逆流？對！胃食道逆流的確是會引起胸悶的沒錯。我從抽屜裡摸了片胃藥吞下。

然後我蹲下，抱著膝蓋蹲下，緊咬牙齒，讓這一切過去。

都會過去的。

接著是晚上。我看見李建儒在群組裡問我們要不要去山上賞櫻花？今年冬天的櫻花盛開呢，他說。

他買了咖啡給我，然後在一段愉快的聊天過後，突然臉臭臭的走掉；他打了電話給我，同樣是氣氛愉快的長聊，然後又突然的急急的掛了電話。每當我覺得我們好像已經是朋友了不只是朋友的朋友了這時候，他總是會突兀的拉開距離。冷掉。

奇怪的人，搞不懂。我哪裡說錯做錯了嗎？

我很討厭那種感覺，突然被推開的感覺。我總是突然被推開卻永遠不明白爲什麼，從來就沒有人願意告訴我，他們就只是突然的離開，這樣而已。

爲什麼他們都不告訴我？

然後是晚上，李建儒在群組裡問了我們要不要上山看櫻花？今年的櫻花盛開呢！我其實並不想去，我怕死了那段彎彎曲曲的山路公車而且還每班每班的擠滿人擠著要上山去賞櫻，去年這時候我和婉婷去過一次，然後我就對自己發誓再也不要做這種事情了。可是現在我不知道該怎麼跟李建儒說不，因爲去年這時候我們之間有點尷尬，後來我甚至還不見他的面。

仔細想想，我好像從來不曾跟李建儒說過不。

我裝作沒看到，而他也是，就這麼讓李建儒的賞櫻邀約冷在群組裡。我之所以會知道他也裝作沒看到是因爲我直接私訊了問他，接著下一秒，他直接打了電話來：

『幹嘛？』

「懶得打字？」

『是我的似曾感還是這段對話昨天其實就有過？』

對啦你很白爛，沒有喔妳才北七。我們就這麼你來我往好幾句無意義但卻說得哈哈大笑的廢話好久之後才終於切入正題。對，他也看到了，不，他才不要去。然後，是的，他老子突然又情緒來了，只是這次他不是突然的走掉或者急急的掛我電話，而是：

『什麼叫作妳不知怎麼拒絕所以要我先開口拒絕？那是妳朋友還是我朋友？』

「那是你朋友也是我朋友。」

『我還朋友的朋友咧。』他嘖了一聲，然後不耐煩，對，他眞的尖銳著口吻，說：『反正，妳不是很喜歡李建儒嗎？那就和他一起去啊！而且更讚的是，這次沒有我這個電燈泡了呢。』

「你怎麼知道？他跟你講的？」

『沒有，是妳太明顯了，而且，妳以爲我是吃什麼飯的？我是兩性專——』

打斷他，我也不耐煩了：

「你是很有名的兩性作家也寫過很多叫好又叫座的愛情小說，但一開始是圖文書作家出道的，可是你的文字比你的圖畫吸引人，而至於你這個人則又比你的畫——」

他更火大了：

『我這個人還有我的畫怎麼樣妳管不著，反正妳對我而言就只是個朋友的朋友，然後我跟妳說，不是以男人的角度也不是朋友的角度更不是什麼他媽的兩性作家而是以一個人的角度跟妳說，妳眞的讓我想起小時候我家養的狗，牠很兇難相處，總是汪汪亂叫有幾次還咬過人害我媽賠錢謝罪，可是牠總是會對主人搖尾巴！』

過分！

我掛了他的電話還摔了我的手機接著把自己關在房間裡面毆打空氣，我氣到很想把我的手機丟掉算了，打開窗外就這麼直接往外丟去算了。

接著，大約是十五分鐘左右的時間之後，我家的門鈴響起，他的臉出現在我家對講機的螢幕裡，嚴格說起來是他拿著信封袋擋住自己的臉出現在我家對講機的螢幕裡，那個我用來把畫寄到出版社的信封袋，袋上還老老實實寫了我家的地址，因爲我很怕畫被寄丟那這樣起碼還能退回來給我。我是白痴嗎？北七，換成是他的慣用語。

『我花了點時間google妳的課表，不然我大概十分鐘就可以騎到這裡，我騎重機來的。』

我看著螢幕裡的他，我看著他拿開信封袋的臉，我看著那張臉說，對、他眞的厚臉皮的這麼說：

「我爲我家的狗道歉。」

然後眞的，我好想毆打自己，因爲我居然就笑出來了。

『很不錯，妳懂我的笑點，幽默感很重要，眞的。不然都不曉得該怎麼活下去了。』他痞痞的笑著說，『我都想好了，妳今天晚上七點才有課，而且顯然妳好像整個下午也沒別的事好做，否則也不會爲了一個北七賞櫻邀約就打電話問我怎麼辦還聊得好愉快直到我家的狗汪汪叫爲止。所以，下樓吧，我請妳去吃個稍早的晚餐當作是賠罪之後可以順便送妳去上課。』

「你們作家都這麼習慣要別人照著你們內心的小劇本走？而且，先生，是你打電話給我不是我打電話給你！」

『愛計較耶妳，女人！』他又嘖了一聲，但很快又把話題帶回：『我不曉得是不是這麼以偏概全，因爲我又沒有別的作家朋友，我想作家們彼此之間是會當朋友的，只是剛好他們都不想跟我當朋友。而且妳看我的狗多生猛，都過世了十幾年還再讓我爲了牠賠罪——好了啦扯夠了沒？外面很冷耶。』

我忍住笑：

「好啊你走吧，我才不要跟你吃晚餐。」

『好，那就給妳十分鐘準備，我有多帶一頂安全帽。』

客家小館裡，這個年過三十的男人對著上桌的五道菜感動硬咽，沒有湯，他說他好愛客家菜但不愛客家料理的湯而且是每一道湯，他也沒想過要問我意見。不要以偏概全，我盡量。

「你根本就只是想找人吃飯好多點幾道菜吧？說什麼道歉賠罪，呿。」

『對啊不然咧？一個人根本就沒辦法吃這些合菜，可是偏偏又常常會好想吃！』

「那你幹嘛不順便約李建儒？這樣就可以再多點兩道菜了。」

『三道。他的課表又沒有公開在畫畫教室的粉絲專頁，所以我哪知道這麼臨時約他有沒有空？再說，喜歡他的人是妳又不是我。』

「還好沒點湯，不然我現在就潑你湯。」

『汪。還好沒尾巴，不然我現在就搖個三兩下給妳看。』

痞子。

「所以，其實你沒什麼朋友對不對？」

『兩個，但他們都忙著工作或者家庭工作兩頭燒，他們沒什麼時間理我而我也不好意思一直要他們陪，而且這其中一個還是我總編，所以她大概不算是很快樂我把她當作朋友這件事，我會逼她幫我拿藥。好幾年前我們第一次去香港書展時，還逼她陪我同房間睡，但完全不是男男女女那回事，我們睡兩張床，什麼事也沒發生。我只是不敢一個人睡旅館而已。』

「拿什麼藥？」

『妳很難纏，我剛說著說著發現自己說過頭了所以不動聲色故意趕快再說很多別的結果還是被妳發現。』

「拿什麼藥？」

他撇了嘴，不是很甘願：

『安眠藥和抗焦慮藥。她姐姐有紅斑性狼瘡要定期回診，所以醫生不會拒絕開藥給她，也不會說這只是你太閒了命太好了想太多了好了這是高劑量的B12、現在給我滾。』

「你怎麼了？」

他瞪我：

『我只是長期失眠又有恐慌症而已沒什麼，我不是神經病而且也不會咬人別擔心，我才不要再去看醫生還要被說只是命太好想太多他們才是神經病！』

我輕輕拍著他的手臂，然後他低著頭看我的手，此刻他眼底有個什麼情緒但他低著眼睛我看不見，不過很明顯的他在生悶氣，氣自己幹嘛突然說那麼多，突然的說太多，我們又不是朋友，甚至此刻的不久之前他還說我只是他朋友的朋友。

但其實這感覺我懂，關於情緒突然來了一時間說了太多太深之後才想起來忘了要防備而生自己氣的這感覺。

不設防。

「我也有過類似的經驗，眞的。」

實際上就是去年和婉婷去賞櫻那一次。因爲交通管制所以全部人都只能搭專車上山賞櫻，車的班次是很多，但遊客的人數更多，明明都已經客滿了連走道都已經站滿人了可是乘客還是一直上車一直上車，然後我被擠到車的最後面，我覺得好擠好恐怖車子是不是在傾斜了？這樣明顯超載了吧難道不會翻車嗎？而且這是山路耶！我這樣跟婉婷講可是她只是覺得很尷尬還要我別再說了因爲確實大家都不喜歡我那不恰當的發言，烏鴉嘴似的。然後，我就——

『覺得呼吸困難覺得心臟很痛根本就像是要心臟病發了？』

「所以那真的是喔？」

『我又不是醫生我哪知！』

他發現自己又說太快了因爲說完他立刻又露出一個討好的刻意的帥氣的微笑，如果他有尾巴的話、他現在可能眞的會搖個三兩下給我看。

『也有可能只是妳前一晚沒睡好所以精神疲勞吧。反正遇到這種情況我會蹲下來抱著膝蓋試著調整呼吸，腹式呼吸。如果是在公開場合當然就不方便這麼做了因爲眞的是會很奇怪，但是也沒關係，我會一直灌自己水喝，促進新陳代謝還是轉移注意力什麼的吧。那沒什麼，反正是沒原因也不會痊癒的東西，就是試著習慣好了。』

「好，那我下次試試。」

『希望妳不要再有下一次，那很難受。』

「嘿！你人其實不錯耶。」

『對啊，雖然難相處又愛抱怨耍大牌，不過我想我應該算善良吧。嘿！妳其實也沒什麼朋友對不對？』

「對，而且你眞的好會接話喔，眞是個貼心鬼耶。」

他得逞似的開懷大笑，他笑起來像個孩子，有孩子似的純眞味道。不是善良的人確實不可能會有那種笑容。

『太棒了！所以妳沒朋友我也沒朋友！彼此之間好像還有很多共同點，那不然我們來當好朋友好了！因爲還不算很熟所以先一個星期吃一次就好！下星期我要吃台式熱炒！』

「我不要。你都自己點菜不管別人的。」

他的確是不管別人的，因爲此刻他也沒在管我、他自顧自繼續說：

『會不會其實我們是失散多年的兄妹？總覺得跟妳有種共鳴還什麼的。』

「我也覺得跟你好像還滿共鳴的，不過我哥沒有你那麼老。」

『少以爲我不會打女人喔。』

他裝腔作勢的說，氣嘟嘟的樣子眞可愛，都那麼老了還。

晚餐後他主動幫我打開門側身讓我先走（很紳士）但同時卻又故意挖苦我們的身高差：『人咧？喔，在下面，我看到了，妳頭皮很不錯！』（賤嘴巴），之後也主動幫我提裝滿畫具的包包（很體貼）但隨即卻又一直抱怨很重：『搬家喔！妳們女人很奇怪耶沒事帶這麼多東西是幹嘛！』（他好煩）！

在畫畫教室門口，當他放我下車而我把安全帽交還給他的那一刻，突然的，他溫柔著聲音，問我：

『那，妳下課後要怎麼回家？』

「搭計程車啊。難道你要來接我嗎？」

『我不要啊，妳喜歡的李建儒又不是我，我幹嘛要？』

然後他帥氣的滑下安全帽面罩就這麼愉快的騎車走了。

這個故意的王八蛋。

妳在幹嘛？

他果眞沒有來接我下課，不過他卻算好時間當我剛到家時打來電話問：妳在幹嘛？

「剛到家，結果我爸堅持要來畫室接我，他不准我搭計程車說好危險，其實他回家後看到我的車還在車庫裡都快嚇哭了。我有跟你說過他是偏執狂嗎？」

『沒有，不過我相信妳。那如果他知道我騎重機載妳？』

「那你就逃跑吧，逃得越遠越好，眞的。或者，想要什麼我都燒給你可以！」

『少在那邊誇張。』

眞的。我爸是化學系畢業，畢業後拿家裡給的錢開科學補習班，就是那種倉庫裡會存放很多乙醚、氰化鉀這之類化學物品好做實驗用的科學補習班；但他聽了之後卻好樂，他說他是東野圭吾的書迷，這些名詞常在書裡出現，有時候還會好仔細的教讀者怎麼使用還不露餡，日本人就是這麼貼心！

他接著問我能不能偷一瓶氰化鉀送他聞聞是否眞的有杏仁味道？我立刻叫他去吃大便。

妳在幹嘛？

他加了我臉書好友，他問了我的電話，他說他不喜歡網路通話而且反正月租費的通話量都使用不完好浪費；他開始會打電話給我，然後我們會展開長長的聊天，沒重點，很表面，卻放鬆，很放鬆的亂聊、聊完立刻就忘記聊過什麼的那種，只記得聊得一直笑，覺得很好笑。

他通常在我閒閒沒事的下午或者晚上下課回家之後打來電話，他大概眞的查了我的課表，他從來不會在早上出現、因爲他是個夜貓子，一天要睡足八小時的那種，於是我開始把畫畫的時間從下午變成是早上；他總是在晚上十二點左右就精準的說了再見掛了電話，他眞的很會斷句收尾、也不管我是不是還在興頭上的想要聊；我知道那時間他才不可能想要睡了、因爲連我都沒有那麼早睡，會不會那是他開始工作的時間？作家又不像我們有課表所以我無從得知。也因此我從不主動打電話給他，不是什麼女生的矜持那方面的想太多，純粹只是因爲我不像他知道我什麼時候有空那樣子的知道他。我畫畫時也不喜歡被打擾。

我月租費的通話量其實也幾乎都沒怎麼用。

妳在幹嘛？

他劈頭總是就問這一句。我不知道這樣的時光會持續多久？他會持續打電話找我多久？我覺得那應該不會太久。他們總是這樣，突然的，就不理我了。

「有時候我會突然心情不好，但是完全沒有原因，也不知道該怎麼辦才好。」

突然的、我說，我沒聽他剛剛在電話裡說了什麼。我的思緒又分叉了。

『那妳就打電話找我聊天啊。我這個人雖然缺點很多，但確實很擅長當情緒捕手。』

情緒捕手。

「可是我又不知道你什麼時候有空。」

別擔心，如果是對妳的話，我永遠有空。在心底，我多少偷偷期盼著他會這麼對我說，不管他是什麼意思都可以，或者只是句客套的場面話也行；可是他沒有，他果真是他，那個天下第一號做自己的任性大作家。他說：

『又沒關係，反正我沒空的時候手機都是直接關機的，所以妳根本就不用擔心會吵到我，因爲妳吵不到。』

「你這話好貼心喔、眞的！」

哈哈哈，哈哈哈，好得意的笑他個夠之後，他才說：

『好啦，妳怎麼了？』

「你在幹嘛？你曾經對誰說過這句話？」

『嗯？』

「你有幾個可以放心的毫不顧忌的問對方你在幹嘛的朋友？不用怕對方在忙打擾了，也不必怕對方裝作沒看到不理，或者對方立即就回應了，但聊了三兩句之後卻突然發現沒有話好講了，氣氛突然冷掉了。」

『我要想一想，不然妳先說好了。』

「兩個，曾經。」

『我猜，其中一個是李建儒，但他課兼太多排太滿了，他不會對妳裝作沒看到不理妳，只是他通常會晚了很久才回妳，但那時候妳當下的情緒早就已經過去了，不想講了也沒必要講了。時差。』

「你眞的很會。」

『這是當然。好了，另外一個呢，妳可以開始說了。』

林婉婷，這她名字。她是我最好的朋友，她也認識李建儒，以前我們總是三個人玩在一起、在我哥去美國之後，她知道我喜歡李建儒，很喜歡，也鼓勵我告白，她說我們很適合，很登對，她完全不介意我們從三人小世界變成兩個人的世界；然後我就告白了，在李媽媽的咖啡店準備開幕的那陣子，在我去當義工幫他們油漆那面牆的時候，然後他沉默，然後。

我試著假裝開心的笑著自嘲：

「我去幫他們油漆牆壁耶，結果還要被打槍，是不是很悲慘？」

他沒有同意也沒有否定，他只是問：

『妳哭了吧？』

「你眞的是有夠直接耶。」

『金字招牌，有口皆碑。』

呵。

「嗯。哭著走完那一整條街，而且他還沒有追出來，我一直以爲他起碼會追出來的，這難道不是基本的禮貌嗎？」

『要是我也不會追出去，最討厭女人哭了，早就看夠了。』他脫口而出，然後趁著被罵之前否認似的趕快改變話題：『那你們後來怎麼了？』

『他就裝沒事的繼續找我約我打電話聊天啊，然後我想想確實這也沒什麼，我不是那種小心眼的女生，只是說，他眞的很會裝沒事。因爲，其實明明就有事哪。』

『我是說妳和林婉婷。』

「喔。」

反正就那回事，我很傷心，然後她看我哭她陪在我身邊聽，總之就是那種姐妹們在妳很傷心很失落時會爲妳做的那樣，接著我也不確定是多久的一陣子，她覺得可以了應該走過了該到下一格了，可是我沒有，卻還是停在那個狀態裡，還是想愛他，還是放不下，我甚至眞的告訴他不要交女朋友好不好？如果他不想失去我這個朋友的話。

然後她就覺得受夠了，她說，這已經從愛情故事變成恐怖故事了，所謂不求回報的單戀並不存在，單戀久了只會變成是咒怨。對！她眞的說我是咒怨。

『什麼時候的事？』

「去年的賞櫻。那是我們最後一次出去玩，她不理我了。」

『所以原來不是前一晚沒睡好。』

「什麼？」

『沒事。』他說，他接著說：『妳眞的喜歡他很久了。』

不是問號，是句號，他這句話，我聽得出來。

『爲什麼突然的又想起這些？明明賞櫻的邀約我有先直白的拒絕掉了然後妳也順勢說那就不去了，而且那都上星期的事了。』

「因爲我現在正在拼圖。」

『嗯？』

「很多事情跟拼圖一樣，不是妳的位置，卡不進去。林婉婷說的，她很喜歡拼圖。」

『嗯。』

「你有沒有聽過一句話？有的時候，告白只是爲了讓自己死心而已。」

他在電話那頭沉默，本來我以爲他會快快的急急的隨便說個什麼就這麼把電話掛掉或者直接轉身走掉，可是他這次沒有。他好像很久沒有那麼沒禮貌了。

第七章　王瑞謙

很多事情跟拼圖一樣，不是你的位置，卡不進去。

她在電話裡說，然後她問我，她想要再試一次再勇敢一次，她想聽聽我這個專家覺得好不好？

我想告訴她、在感情裡並沒有所謂的專家，我們只是比較會寫比較敢說而已，我們只是比較不怕刻薄；實際上我們根本也不太會做，我們其實也經常手足無措。但我沒跟她說這些，沒必要這麼坦白，她喜歡的人是李建儒又不是我，而且我有偶像包袱再說我又長得這麼好看。

才沒這個必要。

我只是跟她說我覺得不妥，但我沒跟她說其實我問過李建儒，才上個月的事情而已，然後我驚訝的發現、我好像眞的變了很多，我一向腦子想到什麼就說什麼的，我什麼時候也開始變得知道要爲了對方把話攔下？我什麼時候也開始在乎有些話說了會讓對方感覺難受？

我明明就是個刻薄鬼不是？

我不太記得我們後來又聊了些什麼，只記得後來我們開始聊得有氣無力聊得各自分心，總之就是那種等著對方先掛電話的節奏。我們都還在拖著等對方先掛電話。

她爲什麼還不掛電話？她在等著我表示什麼嗎？

女人眞難懂。

眼前我有兩個選擇：

一、像電影裡那些外表酷帥行爲霸道但其實個性溫暖的男主角那樣，成全她鼓勵她還在必要的時候推她一把幫她告白。

二、去他媽的這北七，我才不要再理她。究竟知不知道老子一小時多少錢上下？

「北七。」

『什麼？』

「沒事，我剛剛踢到桌角了。」

『沒事吧？那一定很痛。不會還是小拇哥吧？』

不是，不痛，因爲我才沒有踢到桌角，我只是最後忍不住還是眞性情了脫口而出而已，眞高興終究我還是做回了我自己。我告訴她沒事，接著我說我要出門去洗車了，然後我快快的掛了電話。

我沒有去洗車，我的愛車才剛保養過美容過，根本就還亮晶晶得很，要幫它拍張照的話、連調光圈都不必的那種亮晶晶；我只是掛上電話之後開始毆打客廳裡的空氣，毆打到連自己也覺得自己很神經之後，我一路跑出去買了幅拼圖回家消耗總是太多的時間。

很多事情跟拼圖一樣，不是你的位置，卡不進去。

告白只是為了讓自己死心而已。

我不知道她有沒有再一次告白？不確定她這次是不是眞的死了心，或者這一次她成功了、他們兩個人根本就是注定了要在一起的，在這麼多年的蹉跎之後，他們終於確認了從此就要幸福了？

我之後不再打電話給她而她也沒想到要打個電話給我問我怎麼不再打電話給她了？隨便。我們還是在line的群組裡熱絡的聊著天，像沒事般的聊著天，但其實我有發現，李建儒傳來的訊息她總是不回，於是就變成是我要負責回應，而她留在群組裡的訊息李建儒也總是不回，所以還是由我負責回應；差不多納悶個三兩天之後，我就開始生氣了：現在是怎樣？把我當成潤滑劑是嗎？

眞是很像小孩子在吵架，實際上就好像我那對五歲和七歲的外甥在吵架：

『舅舅你看弟弟他又搶我玩具！』

「你直接跟弟弟講好嗎？他聽得到！」

『舅舅你看哥哥又打我！』

「是不是因爲你搶他玩具？」

『我只是跟他交換而已可是他不要！』

『舅舅你看——』

「好了啦你們兩個！」

後來我乾脆全都不理了。

少在那邊。

我連續五天跑去接外甥下課。還和我媽我妹連續吃了五頓彼此都沒有吵架的晚餐，之所以沒有第六天是因爲那晚的晚餐時刻我媽又囉嗦著我一直不結婚又作息不正常而且脾氣還是那麼壞，接著我趁著我們又開始吵架並且想撕了彼此嘴巴之前氣嘟嘟的走掉。

然後是那天，原本我和她約了要吃泰國菜然後我會送她去上課而且我還會幫她提重得要命包包但下課就她自己的事了因爲反正我又不是她男朋友的那天，那天下午我們誰也沒開口問、所以今天是怎樣到底還有沒有要晚餐？那天晚上我看見她在臉書的貼文，寫了些什麼高估自己在對方心中的位置、覺得自己其實好渺小之類的喪氣話。寫得眞好。

我吹著口哨把那幅玩了整星期卻始終拼不好的拼圖丟進垃圾筒裡，然後拿起了手機：

「妳在幹嘛？」

『六天。』

「什麼東西？」

『你連續五天沒有打電話給我，這兩天還連群組的訊息都不看不回了。』

「妳居然在算這個？妳好變態！」

『因爲我眞的以爲你不會再打電話給我了，而且我眞的想破頭也想不透爲什麼。』

「那妳可以打電話給我啊，幹嘛？少女的矜持那方面的事嗎？丟掉吧、聽專家的話，那種垃圾般的東西。」

『可能只是因爲我又不知道你什麼時候有空會不會打擾到你？我又不像你知道我課表而且好像還背起來了，說起來，你才變態哩。』

「說到課表，晚上去吃泰國菜好不好？我去接妳下課。」

『說到泰國菜，某人本來昨天約好要吃的，結果到了當天卻還是一直悶不吭聲，若是突然有事要取消的話就直說啊，我又不會怎麼樣。』

「……」

『我永遠搞不懂男人，我是跟你說眞的。你們全部都滾回火星去好不好？』

「那這樣地球就滅絕了，爲了物種爲了演化，我想我們還是繼續留在地球上好了。」我說，然後小小聲的問：「妳昨天該不會脖子伸得長長的在等我電話吧？」

『嗯，而且下課後還是照樣自己搭計程車回家。』

『妳少來！』

我說，然後笑了出來，而她也是。

好，那我就知道意思了。

「不然這樣好不好，晚餐的泰國菜我請客好了，妳今天是下午的課對吧？我去接妳下課。」

『不順便送我去上課？既然都要道歉的話就誠意點吧？』

「妳又不是我女朋友，我幹嘛要？」

『喂！你很——』

然後我就掛了電話，對，我很。

泰式餐館，五道菜，一個湯，兩個人。

『欸，你眞好意思這次還是你自作主張點菜喔？』

「可能是因爲這次我請客？」

『那上次咧？上上次？上上上——』

「閉嘴吃飯啦、女人！滿嘴上上上的，粗魯死了。」

『你很——』

「不然這樣好不好？下次讓妳點菜好了。」

『但你還是請客嗎？』

「妳很——」眞受不了，「有錢人家女兒怎麼還這樣啊，錢錢錢——」

『閉嘴吃飯啦、男人，滿嘴錢錢錢的，粗俗死了。』

「學人精。」

學人精問我、那我們下次吃什麼？我告訴她其實我也想好了，就吃拉麵煎餃再搭配兩罐金牌，喔、完美！

喔幹，她從桌子下面踢我。

「妳少以爲我不會打女人喔。」

『我沒告訴過你、我學過防身術嗎？』

北七，鬼才信，這個我單手就可以把她拎起來的女人。

這個我單手就可以把她拎起來的瘦瘦小小的女人結果胃口還眞不錯，我們一起沉默的快速的把份量其實稍嫌太多的食物都掃盤清空，我覺得好飽，我一向平坦的小腹此刻好像有點微凸了起來，可是我還有杯泰式奶茶得喝掉，因爲我總覺得浪費食物不可以，但奶茶算是食物嗎？

嘖，這樣不行！我明天一定要上健身房！我吃得好飽好想起身去散步，反正這時候還早、約她去散個步她應該不會反對吧？不知道和她一起散步感覺如何？她會不會讓我牽手？算了，她的畫畫包那麼重、我才不要幫她揹著包包散步咧。可是如果我幫她揹包包的話、她會不會讓我牽手？她的手牽起來感覺如何？她聞起來總是味道很好，那麼她吻起來感覺如何？還有她抱起來——

『你在想什麼？』

「嗯？」

『李建儒老是愛問我這一句：妳在想什麼？妳又在放空了大小姐！而且他會一邊問一邊拍我的額頭，就像這樣——』

她傾身用手輕拍了一下我額頭，我沒好氣的把她那小小的手揮走，也不再好奇那手牽起來如何。並不是我不喜歡這個動作，這好像可以算是個親密的動作，可是這個動作並不代表對方就是想追妳想要你們在一起，他可能只是覺得在那當下妳很可愛或者妳很好玩或者是你們真的很熟而已，就像有時候我們覺得一隻狗很可愛很好玩的時候會摸摸牠的頭揉揉牠耳根拍拍牠屁股那樣，沒什麼意思，也沒暗示什麼，只是因爲我們知道這麼做牠很喜歡而且不會咬我們而已。

我們不會因爲一隻狗很可愛就把牠帶回家養還分享自己的枕頭。

我沒注意她接著又說了些什麼，我只是覺得很煩，我真的覺得可以了，李建儒李建儒李建儒，我們總是要聊李建儒！她還納悶爲什麼這幾年追她的男生後來都沒有下文後來都默默消失？當妳心底擱著一個人當妳動不動就提起這名字妳眞覺得我們還會蠢到認爲妳會愛我嗎我們還是可以在一起嗎？北七。

追女生也是很疲勞的好嗎？女人！

當妳心裡老是擱著那個人，妳就活該永遠停在那一格沾灰塵，那只有妳自己停駐的空白格。

我以爲我會這麼直說的，可是我沒有，我只是換了個話題問她：

「所以，妳告白了對吧？上星期？」

『你這人眞直接，問這種敏感問題竟連一點鋪陳也沒有，虧你還是個大作家。』

我看著她。

我看著她低下頭看著眼前的那杯泰式奶茶，好像眞的很驚訝這杯奶茶怎麼突然出現了那樣，但其實那杯奶茶已經擱在桌上很久了，只是我們一直光顧著聊天而忽略它的存在而已；我們就這樣僵持到她低著頭不看我慢慢專心喝完那杯奶茶。角力賽，誰也不肯認輸。

但結果她輸。

最後，是她抬頭，她直視著我，她說：

『北七。』

「什麼?」

『我就北七到這裡。』

我看著她，而她看著我。

『其實也不算告白而應該說是確認。』她說，然後又自我否定：『算了，跟大作家玩這種文字遊戲只是自討沒趣而已。』

「別擔心，我下班了。」

她給了我一個無力的勉強的有很多很多情緒的笑容，然後她說，她開始說。其實只是想確認而已，她又重複了一次。多年前第一次告白的時候她問的是：他們都說你在追我，然後我也有一點點這樣子覺得。所以，是不是我們想太多？

可是他沒有回答，他只是把頭低下，沉默的低著頭直到她覺得眞是夠了再也沒辦法面對這沉默這僵持這失落這空洞，然後她丟下刷子以及那面好醜的牆轉身走掉，而接下來的事情我知道了，她哭著走完那一整條街，而他，沒有追出來。

他確實是不該追出去。

接著是去年，前年年底、嚴格說起來，那個不太冷的冬天，暖冬，她記得很清楚。當她知道他交了女朋友時，她問：爲什麼不是我？而他沒說，他還是不說，而她沒哭，在那當下她沒哭，她只是說如果你交女朋友了那我就不要理你了！我早就告訴過你了、你不要交女朋友好不好？我不要跟別的女生共享你的時間。然後，接下來的事情我也知道了，她整整一年的時間不見他的面，她只是因爲一直走不出一直看不開一直放不下最後終究被她的朋友捨棄了而已。

沒有人想要每次每次的都聽那些，那些聽了好久那些聽了太久的傷心，爲同一張臉傷心，爲同樣的事傷心，還糾結，一再的。

妳爲什麼不往前走？

『我想要的只是一個答案而已，眞的。』

「但妳有沒有想過，其實有的時候，我們不說出口，我們寧願沉默，只是爲了對方好，只是怕對方聽了會更難受？」

她瞪我，她眞的瞪我。算了，她瞪我好過她踢我。

『反正，那天跟你講完電話之後，我發神經的又糾結了起來，所以我又問了：你眞的從來都沒有想過和我在一起？我們眞的可以不只是朋友？』

「然後呢？他怎麼說？還是沉默嗎？」

『沒有，他這次倒是說了，大概是怕我沒完沒了吧。』

對他而言，她是生命中必要的存在，她是一直就存在著的人，這和女朋友是不一樣的，女朋友是後來出現的，是會分手會失去的，然後，他們會走缺他們會陌路，因爲他不是那種可以從情人變成朋友的人，結束了就是結束了，各自保重但絕不再會。正因爲是這樣，所以更不想要因爲愛情而損壞了這份珍貴友情。他覺得他承受不起。

「那，不要分手就好啦。」

『是啊大作家，反正人生就跟寫小說一樣嘛，什麼都可以掌握喔，連結局都可以自己設定就好呢。』

「是啊，還連點菜都自作主張不管對面的……咳。」

我說著說著就窩囊的沒了聲音，因爲她又在瞪我了，只不過這一次，她是笑著瞪我。我有提過嗎？那眞的是很勾人的眼神，女人的那眼神，我指的是喜歡的女人的那眼神。

『無論如何，謝謝你喔。』

「我又沒幹嘛。」

那眼神，又來了，媽的！她到底知不知道男人有多脆弱？

『你提起你家的狗，嚴格說起來是你家小時候養的那隻狗，那對誰都兇巴巴但唯獨對主人會搖尾巴的狗，還有，你一直北七北七的罵我，所以我就想，這次眞的要死心了，答案其實早就知道了，只是一直在自欺欺人而已，眞的北七夠了，不會再有下一次了，停損了，往前了。我有跟你說過嗎？你講北七的語調，每次都聽得我很想笑。』

「什麼態度。」

『你的腳趾頭還痛嗎？』

「什麼腳趾頭？」

『我就知道你那時候才不是踢到桌角而是在罵我北七。』

「其實妳講北七的語調也滿可愛的，很好聽。」

『北七。』

「但也不用一直講，好的不學學壞的。北七。」

『你不要以爲我不會打男人喔。』

學人精。

「要不要去散步？時間還早，還是妳想回家了？」

『散步好啊，吃得好飽。你幫我提包包嗎？好重，提著它我只能從停車場走到畫室。』

「女人！」

『我眞的會過肩摔喔。』

「那我就是廚神了。」

她又給了我那個眼神，媽的！

散步，慢聊，兩個人，今晚的月亮很圓很美，近得像是就在屋頂上一樣，今晚的天氣很好，星星還可以遠遠的看到三顆，而我沒有牽她的手，不是因爲我有點相信她好像眞的會過肩摔，而是因爲她的畫畫包眞的好重。

女人！

『跟你說喔，我覺得有個可以想到就打個電話或者丟個訊息過去問對方你在幹嘛的人很幸福。你**曾經**對幾個人說過丟過這句話？你**現在**有幾個可以這樣問的朋友？』

「妳問過了。」

『我知道，但你那時候沒有回答我。』

算了。

「兩個，一個。」

她抬起頭看我。

「一個男的一個女的，我想我有提過他們兩個人，就是一起去阿里山的那朋友，其實我們是四個人去的，但我和那男的那女的比較好。」

『後來呢？』

「不想講。」

『好。』

她摸了摸我的手臂、沒有提重得要命畫畫包的那隻手，我發現她在發覺我難過的時候就會有這個舉動，我沒多心的想著她是不是想泡我，我只是覺得這個動作很溫暖，而我很喜歡這樣。

我該追她嗎？我也是個不會跟前女友再聯絡的人。

『那麼，現在的那一個呢？』

「就妳啊。」

『真的假的？我好榮幸喔！』

「妳是該榮幸。」

她打我，我真寧願她瞪我，帶著笑的那種瞪，不過，也不錯啦。反正不要踢就好，那很痛，真的。

「好啦，那妳呢？」

『兩個，一個。』

「嗯？」

『林婉婷和李建儒。李建儒。』

「喔。」

『但是李建儒總是會遲很久才回我訊息，他很忙，兼很多課，我剛認識他的時候他就一直在打工了，他好像眞的很愛賺錢。』

他爲什麼那麼拚了命的在賺錢？他不是有個賺很大的姐姐嗎？

「妳知道他姐姐是誰嗎？」

『當然知道啊！幹嘛？你想追她？慈儀都快生了。』

「想太多，我喜歡的不是那一型，雖然，她眞的是滿辣的。」

我喜歡的是妳這一型，嚴格說起來，是妳這個人。

妳。

「欸，我跟妳學畫畫好不好？妳哪個班還有名額？」

『都沒有名額了。你幹嘛突然想要學畫畫？』

「我本來就會畫畫的人好嗎？我一開始——」

『圖文作家，對，好，我知道，因爲你眞的是講過很多遍了。』

女人！

『閒閒沒事想打發時間的話，幹嘛不去學英文？旅遊也實用。你不是也喜歡旅遊的人？』

「學日文怎麼樣？我比較喜歡去日本玩，近多了，我痛恨長途飛行。」

『學煮菜也不錯喔，老是外食也不好，而且你又那麼閒，買菜備料可以花掉不少時間呢。』

「學修水電怎麼樣？水電工奇貨可居，每次都要等他們有空，可是水龍頭又一直在漏水。」

『學觀落陰怎麼樣？』

然後她笑，呵呵笑，咯咯笑，哈哈笑。北七。

「好了啦，我是很久沒追女生了所以不太知道……」

她抬起頭看著我。

「但其實妳早就感覺到了對吧？」

她還是看著我。媽的！爲什麼剛剛她可以有杯泰式奶茶盯著看而我現在卻什麼也沒得把視線擱著就只除了看著她？

「所以妳剛剛在那邊什麼狗啊北七啊下一個格的鬼扯一堆，就只是因爲——」

她還是看著我。

「那，我可以牽妳的手嗎？」

『你又不是我男朋友，我幹嘛要給你牽手？』

「學人精。」

我說，笑著說，然後，我牽起了她的手。

第八章　魏筱茜

本來我以爲他接送我上下課的空檔時間都在寫稿，後來他自己說溜嘴我才知道原來他是待在畫室附近的咖啡店裡畫畫。

『只是想了解一下色鉛筆是什麼東西而已。』

他說，而我立刻追問起他用哪一牌的筆幾個顏色的油性還水性哪一牌的紙什麼系列——

『我就知道不要跟妳聊這個。』

「好啦。」

我繼續聽他說。他說他很喜歡我送他的那幅畫，那筆觸讓人感覺很溫暖，而且他很喜歡聽筆在紙上畫出沙沙的聲音，不確定是不是療癒那方面的事情，總之他就是很喜歡聽；但他態度堅決不讓我看他的練習作品，他說我一定會意見一堆，每次只要稍微聊到畫畫我就會開始囉嗦得可怕，像剛才他只是稍微講到色鉛筆三個字而已我就——

我就打他。

『好啦，只是我都放在家裡，不然妳來我家看好了。』

「少來這套，男人！」

『不要拉倒，女人！』

單身男子的公寓，簡約乾淨到讓我驚訝。

「你是每天請人來打掃嗎？」

『我是每天自己打掃，吃完早餐之後，以及吃完晚餐之後，我從小就看我媽這樣做，後來自己買了房子搬出來後，不知不覺的，我也開始這樣做。』

「……」

『順道一提，衣服只要穿過脫下我就會拿去洗，就算只穿十分鐘，那至於枕套被套的話我是——』

「我們來看畫了好不好？」

『現在知道妳聊畫時我的感受了吧？』

「你故意講那麼多，只是想帶出這句話吧？」

『對。』

王八蛋。

其實這王八蛋畫畫的底子不錯，看得出來是有才能的人，很有個人風格，只是沒有受過專業的指導而已，所以很多技巧完全不懂以至於看起來顯得相當粗糙，尤其是用色混色這一方面，但只要稍微上過幾堂課，他一定可以畫出相當出色的作品。細細的看完他的畫之後，我做了以上的總結，而他沒有反駁我，也沒有再提一次他曾經是圖文作家這件事情，因爲他直接在沙發上睡著了。他什麼時候睡著的？我有講那麼久嗎？好吧可能我講了大概三十分鐘左右或以上，但他也沒必要這麼沒禮貌吧？

我把他打醒。

『很痛耶妳！』

「痛才好，那表示你還活著。你想畫什麼？」

他好好的恨了我一下，然後才不甘願的開始說：

『旅行吧、不曉得，我以前是畫過旅行的畫，不過都只是局部，街的一角、咖啡店的窗景什麼的，尤其是咖啡杯和手、我很喜歡畫手，我也很會畫狗，但都只是線條而已，我很會畫線條畢竟我曾經是圖文作——』他看了我一眼、沒好氣的，『好啦、人，我想畫人。我一直不會畫人。妳很會畫人。』

「你想畫誰？」

『那些在我生命中曾經重要過的人。』

我看著他。

『我爸，我想畫我爸。他已經過世了，三年了吧、我想，我其實並不很想記得這種事所以也盡量不去想，不過、對，三年，其實我都有在算，我想我媽我妹也都有在算吧，有時候我還會問我五歲和七歲的外甥他們記不記得外公？大的還記得，但小的……』

我抱著他，讓他繼續說。他聲音低低的繼續說：

『癌症。我不喜歡他生命最後那兩年的樣子，就是、病人的模樣……他年輕的時候很帥，我想畫年輕時候的他，我想畫還很年輕的他和我媽、還是孩子的我和我妹，我想畫我們。那些照片都好舊了，拍得甚至還很爛，一點美感都沒有，不過還是謝謝我姑姑拍下了那些如今顯得很珍貴的照片。所以我會想，如果可以變成畫的話，那一定很不錯，那一定會更好。而且我家的牆壁又那麼空。』

「我教你啊，一對一。你看我對你多好！」

『乾脆妳幫我畫好了，多少錢我都付妳。』

我看著他。

『好啦，女人！』

男人！

於是我們約定好一週兩個下午我來這裡教他畫畫，然後接著，我們開始吵架。

我要他從最基礎的色相環練習，然後我們吵架；我開始教他水筆運用得好就能夠畫出水彩的筆觸、就像他想畫出的我送他的那幅畫那樣，然後我們吵架；我指出他作品裡的哪裡不足哪裡不對哪裡要改，然後我們吵架；他要我乾脆畫給他看好了我說才不要、因爲保有他自己的風格很重要，尤其他又是自我風格那麼強烈的畫風，然後我們吵架；他說我永遠嫌他不夠好永遠有意見還說我根本就是個偏執狂，我說他要是我學生我會立刻退費不教了！他立刻說多少錢他都給只要我別再拿這件事煩他了！

我們繼續吵架繼續一週兩次的教學，就這麼吵吵鬧鬧著一個月之後，他畫出了我們都滿意的作品。那是他七歲那年的全家福合照，一家四口就站在家門口，看得出來並不是經濟很寬裕的一家人。我直白的指出這一點。

「你給人一種養尊處優的貴公子印象。」

『喔其實不是，小時候還滿窮的，不至於會餓肚子或者沒錢繳學費之類的，不過爲了生活、爸媽眞的是拚了命的在努力工作著，我也不懂爲什麼老是被說像貴公子，可能是像我爺吧，我家直到我爺爺那一代都還滿富的，只是我爺……算了，不提那個壞脾氣的敗家子了。』

他說，他繼續說，當他大學時選擇設計系時，他媽媽簡直氣壞了，他媽媽一直想要他最好是考個公務員一生安穩著過就好，可是他根本不是那塊料，而且那也不是他想要的人生，他恨死蓋印章了，每次都蓋不好，買再好的印章用再好的印泥都一樣；頭幾年眞的是滿慘的，書沒有人要出，人窮得要死，但還好他當時的朋友一直支持著他、鼓勵著他、相信著他，然後有一年，突然一翻兩瞪眼了、眞的是突然一翻兩瞪眼了，他遇到了對的編輯，他的書突然受了歡迎，命運的門突然打了開，就這麼，他變成了現在的這個他，他一口氣還清了家裡那好像還也還不完的房貸，他要爸媽別再做工了、兒子開始可以讓你們過好生活了，他支付妹妹結婚的大小花費，他照顧父親生前兩年的醫護，最後，他給自己買了這公寓、只是爲了節稅以及躲開媽媽催婚的嘮叨，他的人生看似什麼都有了，但他卻常常覺得，其實自己什麼也沒有。總是孤獨的打掃著房子，孤獨的寫著稿子，孤獨的面對著那些其實根本就不認識他也從不眞正了解他的讀者們。

『而那眞正了解我的人、在我最低潮的時候支持著我的人，反而，在我換了個人似的那時候，離開了我，我最愛的他們，現在，都不在我的生命裡了。人生眞是愛開玩笑。』

「是他和她嗎？」

『其實是她，只有她。如果不是她，我大概也沒可能堅持下去吧，太窮了又太挫敗了，好多好多的挫敗啊、那幾年，但她一直相信我可以，她眞的是比我還要相信我自己，啦啦隊似的、我回憶裡的她，我每次想起她。只是、都變成回憶了，我們從此陌路了，多可惜。曾經是生命中重要過的人哪。』

生命中曾經重要過的人。

我沒有告訴李建儒我們交往的事情，實際上我沒有告訴任何人我們的事情，像是個想要好好珍貴的什麼，因爲太在乎了、所以更害怕說出口，就怕說了之後會莫名的毀壞了，沒道理的就壞了，好迷信、我知道，但我連對哥哥都沒有提過，反正他也好忙，當了爸之後我們變成眞有事時才會聯絡對方；我想像過如今和婉婷還姐妹著的話，或許我會稍微對她提一下有這麼個人存在，但我不會說得太清楚，我可能還會刻意的模糊帶過，這感覺就像是新工作有三個月的試用期、或者懷孕有未滿三個月不能說的禁忌那樣，而初萌芽的愛情也是。這觀點是我在他書上讀到的。

反正無論如何我和她已經失去了聯絡，我們陌路了。

他說出這句話的當下，心是不是還隱隱刺痛著？會不會很希望時間可以退倒回當下、而我們能夠爲了對方把話擱下或者把話說出？我們能夠更成熟點處理我們能夠更高明點面對我們能夠有再一次的機會把事情做對？

生命中曾經重要過的人。

「嘿！我被追走了。」

這麼多年來我曾經想像過無數次我這麼告訴李建儒，我好奇他會有什麼表情？他會是什麼心情？是失落還是終於鬆了口氣？這麼多年來我有過滿多次機會可以把這句話說出口的，可是我始終都沒有把這句話說出口；那些人後來都無疾而終，不管是一開始猛烈追求的或者是小心翼翼的，都無疾而終了；他曾經告訴過我、他大概知道原因是什麼，知道那些人爲什麼都在關鍵時刻沒了勇氣、退回原來的位置，但是他才不要告訴我。

『對敵人仁慈就是對自己殘忍，而且反正，現在妳是我的了，不需要困擾這些了，就當作是他們有自知之明配不上妳好了。』

自戀鬼。

生命中曾經重要過的人。

我和李建儒不再單獨私訊或者見面，我們依舊在群組裡聊得熱絡，我指的是我們三個人，可是難免的，有些只有我們知道的笑點和話題李建儒會看得不明就裡，不是故意的，但漸漸他會開始感覺到群組裡本來的我們變成了我和他；我不知道李建儒是不是察覺了我們的新關係？他從來就不開口問，也不覺得有必要談，他總是這樣，把話都擱在心裡頭，就算直接問了他也不講，不願意講還裝沒事。我以前好討厭他這樣，我現在無所謂他這樣。

李建儒太溫吞而我卻太直接了，或許其實他也忍受很久我這種太直接的個性吧？

其實有些人真的只適合當朋友，這麼簡單的事實，我居然花了好久的時間才發現，才面對。

如果不是因爲遇見他。

「欸，李建儒生日要到了耶。」

這天，在他家客廳的沙發上，我試著這麼問他。

『唔，好快，都三個月了。』

「什麼三個月？」

『我們認識，都三個月了。從李媽媽的咖啡店那天算起。』

他說，然後他開始說起我們初見面那天我是多麼的沒禮貌他是多麼的想打我卻又於法不容但法律眞該爲此修改的——所以我就打他，然後他哈哈大笑，這北七。

「欸，你有跟誰提過我們嗎？」

『我妹和凱安，凱安有看過妳的照片，他說很想幫妳拍個照片，但是相信我，別答應他，他只要手裡拿著相機根本就是個恐怖分子，我誓死也不會讓他拍妳的。』

他接著說了好多和凱安的往事，怎麼被拿著相機的偏執狂凱安惡整、怎麼惡整手裡沒相機的凱安，我聽得笑到眼淚都流出來了。他眞的很會說故事。

『還有我兩個外甥啦、嚴格說起來，但我懷疑他們知不知道女朋友是什麼意思，哥哥七歲弟弟五歲；但是我才不要跟我媽說，她很囉嗦，我什麼事情都是最後一個告訴她，她恨死我這一點了。』

他得意的說，我以爲他會接著問：那妳呢？妳跟誰提過我們？

可是他沒有，他接著說的是：

『妳問李建儒想怎麼慶生好了，我一向喜歡幫朋友慶生，尤其如果不是他的話我也不會遇見妳。擁有記得自己生日還費心安排生日的朋友是種幸福。』

我同意他的這個說法，這麼多年來也只有李建儒每年每年記得我的生日，有幾年連我家人都忙得忘記這件事呢。我們家沒有慶生的這慣例，都太忙了、他們。

我拿起手機在群組裡問李建儒。

「那你呢？你生日什麼時候？」

他告訴我日期，原來他是在夏天出生的人。不意外。

『別費心了，我不過生日的。』

「爲什麼？」

『老了，蛋糕上插太多蠟燭非常沒有美感。沒有啦、我只是有胃食道逆流所以不太能吃蛋糕而已。』他打哈哈的說，然後他看了我一眼之後，才明智的選擇正經著說：『實際情形是，我記得自己是怎麼開始過生日的，但我也記得自己是怎麼開始不過生日的。』

「嗯。」

我沒有再追問他爲什麼，我只是開始親吻他，當我們很愛一個人的時候，自然會知道怎麼站在對方的角度思考。我們都在不知不覺中，為了對方而改變。

愛。

晚上李建儒回了訊息，他說想去宜蘭，而關於這點我是有點驚訝的，我們之前去過宜蘭、好幾年前了，和婉婷三個人，為的是去看宜蘭火車站的幾米公園，而這一晚，李建儒說他想要再去看一次幾米，李建儒說他好久沒去了，他有點懷念。

李建儒從以前就好愛幾米，他有一整套幾米的繪本，他還跑去電影院看幾米繪本改拍的電影，但以前他每次收到我的畫時卻總是木然的沒有什麼反應，關於這一點，我其實是很介意的。

我以前很介意。

大少爺心情大好的在群組裡宣稱這一次的旅行讓他安排就好，他負責訂房他負責行程甚至他還負責開車。

『生日嘛、沒道理還要壽星當導遊兼司機。』他說。李建儒相當受寵若驚，而我也是。

他訂了高檔旅館的四人房、他問我們在不在意睡四人房？我們不在意，他決定下午才出發因爲他老子還是相當痛恨得早起，他問我們介不介意？我們最好是敢介意；約定出發的這天他先到我家接我然後才是李建儒，我指出其實他應該先去接李建儒比較順路。

『我又不知道他家在哪。』

「喔。」

和上次的阿里山完全不同的旅程、這一次的旅程，相當有主辦人的個人風格，我們去宜蘭那個好有名的夜景咖啡店待到日落然後離開，我們吃昂貴的慶生晚餐，我們看著他堅持買單我們不敢吭聲，然後我們去了夜裡的幾米公園，隔天我們睡到自然醒，接著再去一次白天的幾米公園，然後順路去伯朗咖啡館吃下午茶拍拍照片看遠遠的海，接著是外澳的海邊，近距離看著大海發呆、聽著海浪拍打的聲音，他問我們想不想去玩飛行傘？當我們異口同聲說有懼高症所以不要了的時候、他很滿意的點點頭，明明就自己也懼高症但是怕我們想玩還在那邊裝模作樣。

這痞子。

最後我們回家。李建儒一定很不習慣這樣緩慢的旅程、我忍不住這樣心想，雖然其實我比較習慣這樣的旅程。

在回家的高速公路上，他突然不對勁了起來，他先是不斷的清喉嚨，他接著明顯坐立難安了起來，他緊握著方向盤，他直視著前方、聲音乾乾的問我：有水嗎？

『可能是今天咖啡喝太多了。』

他解釋，李建儒從後座拿了礦泉水給他。

「前面有休息站，我們停一下車。」

『好。』

休息站。

他抽菸他喝掉一整瓶礦泉水他去上廁所，我和李建儒就這麼遠遠的看著他進行這輪動作總共兩次，我說：

「應該是恐慌症發作，他最近沒吃藥了。」

『藥？』

「安眠藥，他前一陣子開始停藥。」

史蒂諾斯，那個藥很有用但是不好，很容易成癮依賴而且副作用很多，我問過我媽，她通常不願意開給病人這個藥，但其實根本就不用我講、他自己也知道，他只是不想要面對而已；可是他還這麼年輕，我媽說這樣眞的不太好，所以我告訴他、我希望他停藥。他前一陣子才終於投降了鬧著脾氣停藥。

「可能昨天沒睡好所以精神疲勞了之類的，他也有抗焦慮的藥，可是他沒有帶，那種藥會有嗜睡倦怠和昏眩的副作用，出門不方便。」

『妳怎麼知道？』

「他告訴我的。」

『他沒跟我說過。』

「他不喜歡別人知道，他很愛面子。」

『但他卻告訴妳？』

抬頭，我看著李建儒看著我，那眼神裡有個什麼，可是逆光，我看不清楚。光斑，我想起他告訴過我的這個攝影術語，凱安教過他那麼多攝影的東西他就只愛這個；他也幫我拍過光斑的照片，我很喜歡那張照片，他很會拍照。我最近在畫我們的合照但我還沒有告訴他。

『等一下換我開車好了。』

順著李建儒的視線，我看見他遠遠走來，我問他還好嗎？他聳了聳肩膀，如果不是李建儒在場的話，我一定會立刻抱住他，在他耳邊輕聲說道：都沒事了，沒事了，我在。

上車，開車，回家。

『音樂開大聲一點好嗎？我覺得有點安靜。』

我們聽見後座的他這麼痞痞的說，然後我就忍不住笑了，這個北七，他復活了。

『剛剛你們有看到嗎？路上有一尊好大的土地公雕像，一定有五層樓那麼高。我夢過那尊雕像，一模一樣，眞的是一模一樣。』

「什麼樣的夢？」

『有點忘了，但感覺好奇怪。』

「嗯？」

『感覺好像走進夢裡了，有點奇怪的感覺，然後我就……嗯。』

李建儒說：

『預知夢，或者似曾感，這的確有點可怕，我曾經有過似曾感的經驗。』

『嗯。』

「想聽什麼歌嗎？」

『小幸運，第二十六首吧、我想。』

「好。」

原來你是我最想留住的幸運　原來我們和愛情曾經靠得那麼近

那為我對抗世界的決定　那陪我淋的雨

一幕幕都是你　一塵不染的真心

詞／徐世珍　吳輝福　曲／Jerry C

第九章　王瑞謙

本來我以爲李建儒會接送我回家，因爲他就是那麼媽媽型的熱心個性，雖然我在車上稍微躺了一下專注調整呼吸之後已經沒事了，這玩意就是這樣、來得突然也走得乾脆，可是他還是很擔心我，他不知道我是怎麼了、突然的；然而最後他也沒有堅持要送我回家不讓我自己開車，他只是把車開到他家樓下，然後下車，然後道別，然後轉身離開。當他向我們揮手的時候那車窗外的眼神看得令人心痛。

想太多。

晚上我整理好照片然後丟在群組裡，李建儒客客氣氣的說聲辛苦了，接著再一次爲這兩天的招待道謝，『下次換我請客吧，不然太不好意思了。』他堅持的說，而我愉快的接受，然後我們互道晚安早點睡，群組因此變得安靜無聲。我注意到這次他沒有想要約見面拿照片原始檔的意思，明明這次我幫他拍的照片比上次還多啊。

想太多。

我和筱茜繼續約會繼續畫畫繼續吵架繼續想把對方丟出窗外也繼續和好繼續恩愛如昔，我們在交往三個月的這一天開車去了趟合歡山看銀河，我開了好久的山路好遠好繞的山路卻連一次恐慌症的預感也沒有，那天晚上甚至連失眠也完全性的沒有；這是我們認識以來的第一次單獨出遊，這是我想了好久想要看到的美麗銀河，美得攝人心魄也美得足以令人明白自身的渺小。我眞高興當我問筱茜合歡山看銀河時她不再習慣性的來上一句：要不要約李建儒？

我戒掉了安眠藥而她戒掉了李建儒，我想我們的確是漸入佳境；只除了經常我還是會嚷嚷著警告她、少以爲我不會打女人，而她都是直接就出手打我、有的時候還是用踢的；我有時候會想要和她談一談那我們三個人的群組好像安靜了很久的這件事情，我不相信她會沒有注意到，但其實我也不是很想要問她，雖然我是眞的滿在意她和李建儒還單獨聯絡嗎會私下見面嗎沒事啦我當然知道你們只是好朋友根本就不會發生什麼奇怪的事只是問一下找話聊這樣——她有沒有告訴李建儒我們交往了？

想太多。

這的確是個難以啓齒的話題，你知道對方是在意的甚至是彆扭了，你多少知道自己是應該主動開口的，畢竟是我追走了他最好的朋友——套句他自己說過的、是那個原本就存在於他生命中而且也會一直存在於他生命中的女孩，所以更不可以因爲愛情而搞砸了的那種——可問題是並不是每一句話每一件事它都是那麼簡單就能夠說出口的，尤其是愛，尤其是牽涉到友情以及愛。

愛。

那一年她沒說而我也沒問，因爲我根本就不想要面對、不管她和他究竟有沒有交往，又或者只是我自己單方面的想太多，都不想面對；回想起來眞的好笑、都還沒相愛呢，怎麼會就這麼陷這麼怕了？

而如今的我則是在想：感謝生命中總是會有那麼一個人的出現，讓你知道從此不必再害怕，讓你能夠釋懷、過去曾經的那些怕。嗯，這句話不錯，下一篇專欄就寫這個主題好了。我眞是一個暖男，而且還長得那麼好看。

我打開冰箱拿了一罐金牌給自己喝，天氣開始變暖了，而我們愛過了一整個季節。感謝是他讓我們相遇。

我繼續想。

這感覺就好像是生命給了我一次重新來過的機會，同樣的情節只是不同了角色，生命給了我再一次面對的機會，而上一次我搞砸了、狠狠的，那這次呢？算了吧騙誰啊，就算再重來一次，我想我還是會搞砸的，只不過變成是搞砸得比較體面而已。

想那多麼幹嘛？光是想就有用嗎？

此刻我做了幾年前我沒做的事，我拿起手機主動打電話給李建儒：

「我都想好了，你買啤酒請我喝好了，金牌一手，喔，順便再帶下酒菜過來，東山鴨頭、我想。」

他楞了一下，滿久的一下，然後才終於意會過來我在說什麼。

『好啊，要約什麼時候？』

「現在。」

『啊？』

「怎樣？不方便？還是說你有門禁？才剛過九點半而已哪。」

『是啦，但我明天一早還有課……』

「那我幫你叫計程車就好啦。」

我說，然後我就掛了電話。禮貌很重要，好啦我知道啦。

他在將近十點半的時候按門鈴，看起來是剛下課然後直接買了宵夜過來，我不知道他今天晚上在哪上課，我又沒背他課表也從來沒有問過他這方面的事；我想是那袋東山鴨頭花了他時間排隊，那聞起來好香。

『這是我第一次來你家。』

他說，然後放下了東西就這麼站在沙發前看著掛在沙發上面的那兩幅畫。他大概是一進門就注意到了畫。

「全家福，我七歲那年。」我告訴他：「畫得不是很好，很多地方要改很多地方要加強，而且都是一眼就能看得出來的那些，不過管他的，我自己很喜歡。這是我的第一幅畫。」

『這是筱茜送你的畫。』

他指的是旁邊的那幅，阿里山那張，她拍下的照片她畫下的畫。我們緣分的起點。

「你認得出她的畫？」

『不，其實我根本就不懂，經常連照片是自己拍的還別人拍的都分辨不出來。』他解釋，『我是看簽名，wei，我認得她的字，她的字很特別。』

他說，然後看著簽名下面的日期，他若有所思。

我一開始就學筱茜也在簽名下方寫上日期，不過筱茜一貫寫的是畫作完成的日期、而我則習慣留下照片拍攝當時的日期，有時候在畫完一幅畫之後，我會看著那數字那日期想很久，那畫面大概就像他現在這樣。

我告訴他：

「我在跟她學畫畫，最近一幅是我們的合照，但我還沒拿給她看也還沒打算告訴她，這裡的我們指的是我和筱茜。」

『你們交往了？多久了？爲什麼一直不告訴我？』

我以爲他會接著問，或者起碼試著這麼問，因爲我剛剛說的那段話、爲的就是讓他可以接著這麼問；可是他沒有，他偏不，這小子沒有他外表看起來的那麼溫和無害；他只是在沙發上坐下，然後打開一罐啤酒，然後吃起東山鴨頭。

管他的。

「以前我有這麼一個朋友，男的，我們認識了好幾年，要好了好幾年，後來我們不好了，很北七的原因，就只是爲了一個女人不開心，我和那女的不開心，然後他選擇挺她，然後他跟她一起疏遠我，而那讓我很傷心。我沒想到我會變成是多出來的人，多餘的存在。好像長久以來我所熟悉的我們的世界原來並不是我一直以爲的那樣子。那一年我眞的因此覺得這個世界歪掉了。

「那女的也是我們的好朋友，我們三個人，就像現在的我們三個人一樣。很巧，眞的，今年我一直有這種感覺，好像生命給我重新再來過一次那樣，你帶著筱茜走進我的生命裡，然後，你問我去阿里山。尤其是阿里山。」

尤其是阿里山。

當李建儒傳來阿里山邀約的那個晚上，我的手機響起了一通來電，沒有聯絡人姓名而是十個數字，因爲我早就把他從電話簿裡刪除，我以爲刪了就能忘了，我眞以爲刪了就能忘了；但其實我幹嘛呢？因爲光是瞄一眼那十個數字、我便足以知道那是他的來電，所以其實我刪他幹嘛呢？怕我自己會打電話給他嗎？北七！我根本就不可能再打電話給他，實際上在我刪掉他的電話號碼之前，我就已經好久沒再打過電話給他了。

『只是一種情緒上想要這麼做的心情吧？』

李建儒終於開口說了這麼一句話。

「對。反正，我當時就這麼看著他的號碼從我手機響起、在我們好久不見的幾年之後，我沒有接起，我只是一直看著，一直看著他的號碼響著，越響越孤獨；然後我在獨自一個人的房子裡開口對響著的手機說：我很好，謝謝你，我現在過得很好，謝謝你。」

我就這麼一直重複著這段話直到手機放棄鈴響，我不知道當時手機那頭的他是什麼心情什麼表情他打來電話有什麼事情？在這麼多年以後？我甚至忘記要去數總共響了幾次鈴響，但其實幹嘛數呢？又怎樣？

我只是知道，當手機鈴響終於自我放棄的那個當下，我眞的知道：我沒有原諒他，也不覺得必須要放下他，我就只是讓他過去了，知道那都已經變成是過去，只是這樣而已。

「然後，對，接著你就傳了訊息來，偏偏挑在那時候，偏偏選擇阿里山，否則我想我應該不會想要跟你們去，我眞的有想過這件事。」

『你突然的跟我說這些幹嘛？』

「因爲你的那個眼神讓我覺得自己好像變成了他，而我不喜歡這種感覺。」

我們沉默的各自喝了一罐金牌吃完那袋東山鴨頭，接著他在打開第二罐金牌的時候，他問我：

『你的恐慌症好點沒？』

我楞住。那不是會好的東西只是我們可以學著與它共存而已，就像是感冒，或腸病毒，或——媽的！我在心底吼了這堆，但結果我一個字也沒有對他說，我只是直接走去陽台抽了菸，兩根。

重新坐回沙發時，我告訴他：

「你們還眞是無話不談喔。」

聲音裡，是連我自己也驚訝的酸意。他媽的！

『是啊，一向是，本來是。』他看著我：『之前就有預感了、在群組裡，你們變得很熟，你們好像一起說了很多話做了很多事你們——本來我以爲會是她告訴我的。其實根本就不需要瞞著我啊。我和她又沒什麼。』

最後那句話，聽來也很酸。

「如果你知道了，生日還會一起去看幾米嗎？」

『不會。』這次，他回答得倒乾脆：『誰喜歡當電燈泡呢？誰喜歡被隱瞞啊？而且還是自己最好的朋友？』

「你只是吃醋了而已。」

『……』

「而且那一晚，我是跟你睡一張床啊。」

『夠了！』

他吼我，他眞他媽的吼我。

「你不可以這樣子對我。」

我說，可是他已經走了。

再一次，我在獨自一人的房子裡，對著空氣說話，只是，我不知道，這一次我是想要說給誰聽。他還是他？

『你不可以這樣子對我。』

她也曾經對我說過這句話。

那一年她的生日，我記得很清楚，還是記得好清楚。那時候我還不知道恐慌症是什麼也不知道自己有這個，我只是開始會經常心悸，有幾次還心悸到夜裡痛醒過來，我以爲我是心臟病，也去心臟科做過檢查，可是不，然後我就不想理了，反正不是心臟病就好。

然後是那天，她生日的那一天，我說好要去接她下班，然後我們四個人會一起晚餐爲她慶生，爲此我還特地先訂好了包廂，我還因此決定那晚要休假不寫稿了連一個字也不會寫的，我都想好了要在車上告訴她這個，或許再痞痞的賤賤的但其實甜甜的說：知不知道老子一晚是多少錢上下啊？

她可能會覺得感動她可能只是翻個白眼，但她知道那時候我是眞的忙，其實我猜她會覺得感動但還是故意翻個白眼，她就是這麼彆扭的女人，但她會知道我眞的願意爲了她放下一切的忙而那時候的我只願意爲了她放下所有一切的忙、我連對我媽都沒有那麼好，而我眞的需要她知道這一點，我需要她知道自己對我有多重要。但那幾年我有親口告訴過她嗎？

沒有，我說不出口，那不是我的style，而且我又那麼man。我們都彆扭。

爲什麼？

可是沒有，結果什麼都沒有發生，結果那天當她打來電話說差不多快下班了而我掛了電話正準備拿車鑰匙的那一刻我記得很清楚，那是我第一次恐慌症發作、強烈的；我不知道該怎麼辦，如果人即將在下一秒死去怎麼可能會知道該怎麼辦？

我只是反射性的蹲了下去抱住膝蓋一方面等著死去但同時卻又拚命祈禱著上帝起碼再給我打一通電話的時間和力氣，起碼讓我告訴她一聲或許對不起或許我愛妳終於說出我愛妳或許什麼都沒辦法解釋但就是再說一次生日快樂——可是我沒有，沒有力氣也沒有辦法，就除了只能夠無助的抱著自己的膝蓋等著死亡領走我。

可是結果我沒死，也沒有去她的生日晚餐，因爲已經遲到好久了，而我的心情好差，我嚇壞了；那天晚上他們三個人輪流打了好多電話，可是我沒接也沒回，我不知道自己當時爲什麼要這樣？只記得我很害怕，從地板上爬起來之後一直好害怕，彷彿死裡逃生，彷彿眞的死過一回，還餘悸猶存。

而這件事情，我從來就沒有告訴過任何人、直到筱茜。那一年我爲什麼不告訴她？

爲什麼？

「你們可以直接來我家找我啊，搞不好我當時是突然暴斃了哩。」

後來再見面，我試著這麼開玩笑帶過，可是她不接受，她當然不會接受，她個性那麼剛烈，爲什麼我明明就知道卻偏偏不願意好好跟她說？

因爲我也是。她明明就也知道爲什麼卻偏偏總硬碰硬？

『你不能在你需要朋友的時候才來當個朋友。』

「妳要把我想成這樣我也沒辦法！」

後來同樣的事情又發生了幾次，我開始感覺到他們對我漸行漸遠，他們開始從我們四個人變成他們三個人最終是他們兩個人，『那你就去忙好了啊。』『反正你也沒空啊。』『每次都要等你而且還不是每次都能等到你啊。』他們開始會這樣說，故意這麼說，然後我很氣，我也不是故意的，我眞的好氣；他是知道我喜歡她的，他從一開始就知道我是喜歡她的，可是他卻趁虛而入，這四個字正確嗎用在這種情形？管他的。

然後我也忸怩了起來，我那麼成功那麼有名那麼多人愛著那麼多人求著想要見我一面說上一句那麼——

爲什麼？

『你不可以這樣子對我。』

最後一次單獨見面時，她給了我這句話，然後，句點。

那麼多的回憶那麼多的往事那麼多的情感積累都是一分鐘一秒鐘累積出來的，我看出她每一種表情我知道她每一種表情背後隱藏的心情，我看過她穿過衣櫃裡每一件衣服鞋櫃裡每一雙鞋子，我看著她從素顏的大學生變成化妝技巧笨拙的社會新鮮人最後再變回最合適她的淡淡妝容；我看著她頭髮長了頭髮短了頭髮捲了頭髮直了，還有一次她頭髮燙壞了警告我們不准拍她照片但我還是偷偷拍了；我知道她愛過的每一個錯的男人遇過的每一個看走眼女生朋友，我習慣她喝醉了就亂撒嬌夜裡突然寂寞了爲自己感覺到難過就任性的打來電話要我陪著她聊，也不在乎我是不是睡了有沒有在忙身邊是不是躺著哪一個女人。

喝醉了就撒嬌，寂寞了就任性，這女的。

這眞是個情緒控管很差的女人。會不會其實就是被我寵壞的？我想我多少是有點故意的，把她寵壞了，別的男人就不敢愛了，根本都不敢領教了。那她，就會是我的了。

『你在幹嘛?』

她劈頭總是這一句，然後我會知道接下來我不用睡了不用忙了女人不用抱了，反正睡覺嘛明天晚點起床就是、反正工作嘛擺著也不會有人搶著做、反正女人嘛每天都在出生，反正——

我爲了可觀的電話費變成是和她網內，天啊，那還是個網內互打不用錢就足夠令人瘋狂的年代，沒有WhatsApp沒有line也沒有Messenger;那個時候我們爲了究竟是誰換成是誰的電信公司還故意好好的吵了一架。

『嘿!我在哭喔。』

她有時候會發神經打電話來特地告訴我這件事情，然後她會裝模作樣的叫我不用理她沒關係，之後如果亂傳簡訊過來也不用理沒關係，因爲她只是心情不好而已，而且嘿、她正在哭喔。

但我最好是真可以不用理她沒關係。

「連哭泣都要主動告訴對方，眞是太可憐了，妳的人生一定是遇到了什麼瓶頸喔。」

我會故意這樣酸她，然後她會哼一聲的掛我電話，接著我會帶一手金牌去她家找她，然後我們會在她家樓下的發呆亭裡慢慢的喝著啤酒呆呆的看著月光，通常在這種情形之下，我們誰也不會跟對方說太多話。我想不起來在那些夜晚她是否曾經把頭靠在我的肩膀上，不過我記得每個那種夜晚我都很希望她可以把頭靠在我的肩膀上。我想得身體都痛了。

而她呢？當然她對我也是好的，她也來過我家也陪過心情不好的我在客廳陽台看著星空變成日出只因為一通電話——

「妳在幹嘛？沒事啊，我聲音有怎樣嗎？沒有啦，就只是又被退稿了而已啊，又不是第一次而且反正還會有下一次啦。」

『反正啊，你還是要繼續畫繼續寫喔。』

「因爲我眞的很有才能對不對！」

『因爲你個性這麼差，情緒控管又不好，不然你還能幹嘛？當小白臉啊？』

「靠北。」

感情就是這樣開始的積累的，她開始的時候是對我比較好的，親近的，依賴的，任性的，不設防的，可是她後來拉開了距離，因爲我紅了擔心我忙了多心的不打擾了，然後他快快樂樂的替位了；其實最傷我心的就是這個，我一直以爲，對她而言，在她心底，我是個無可取代的人。可是結果我卻被取代了。

結果。

『你不可以這樣子對我。』

後來每次想起她時，我怎麼就只能記住她對我說出這句話這當下的表情：你不可以這樣子對我。

就只剩下這個了。怎麼會只剩下這個？怎麼會就只記得這個？

那妳記得嗎?我曾經對妳的好?那麼多那麼多的好，我就只對過妳一個女生好，怎麼會這份好到了最後就只剩下這一句:你不可以這樣子對我。

我沒牽過她的手，可是我揹過她走，我沒親過她嘴唇，可是我看過她掉眼淚，每一次的掉眼淚;我從來就不是她的男朋友，可是那幾年，陪在她身邊佔據她心底把她寵壞的害她依賴的是我，始終是我。

而她不也是?把我制約了害我習慣了，可最後我卻被判出局了，多餘的，不要的，太忙的。

出局。

妳怎麼可以這樣子對我?

第十章　魏筱茜

不對的感覺。

他在那天晚上退出了line的對話群組，不久之後李建儒跟著也退出了。我不知道他們怎麼了？我隱約覺得有種發生了什麼包含我在內的、與我有關的、但我自己卻完全不清楚的事情，而我不喜歡這感覺；我前後問過他們兩個人是不是怎麼了有什麼是我該知道的嗎？可是他們誰也不肯跟我講，一個直接說他不想講，一個堅持裝沒事，但兩個人的口氣聽起來明明就都很有事。好像兩個小孩子在鬧脾氣哼我不理你了這樣、這兩個男人，這兩個加起來都已經超過六十歲的男人。

男人！

不對的感覺。

他還是接送我上下課，只是話題變少了而沉默拉長了，不是那種因爲熟悉了所以可以很自在的沉默，反而是彼此心底都擱了好多話但不知道怎麼跟對方說也不想要跟對方說的那種沉默，戀愛撞牆期，我試著這樣告訴我自己；我們還是每週共進兩次晚餐，只是他總若有所思、心不在焉的樣子，他不至於一直無意識地看手錶，他只是這次甚至連菜色都讓我自己決定了，我故意全部選了他討厭吃的食材，但他卻無感的全部都吃完了，要是以前、他肯定會囉嗦一堆說不可以浪費食物所以他最討厭餐盤上出現他討厭的食物然後還說得氣到頭頂冒煙。

這個控制狂怎麼了？我們怎麼了？他是不是有別人了？或者只是單純男人都這樣、追到手之後就開始覺得好了可以了然後怠惰了輕忽了？我又沒有要他一直追我，我從來就不是那種任性的要對方捧在手心裡一直哄著的女生，我只是——

「你是不是覺得我膩了？」

晚餐之後我鼓起勇氣試著這麼問他，結果他只是回神似的吭了一聲然後輕拍我額頭，說：『沒有啦！妳北七喔。』

然後他送我回家，不再是說好冷喔又好晚了我幹嘛不直接跟他回家就好。

天氣越來越暖了，夏天快到了。

不對的感覺。

他到家後打了電話給我，他以前都會一到家就先打電話給我的他現在卻洗完澡了喝起了啤酒了才想到似的打電話給我；我在心底告訴自己這沒什麼沒代表什麼男人嘛妳又不是第一次談戀愛妳只是很久沒談戀愛了所以可能是暫時還不習慣而已。

我什麼也沒告訴他，我只是聽，我在手機這頭聽著他說想先暫時停止我們一對一的畫畫課，我說好；他說他其實還是持續在畫畫的而且還畫好了好幾張，只是過一陣子才想給我看，我說隨便。

不對的感覺，他也感覺到了。他是該感覺到了。

他開始說他都想好了、關於夏天他生日的時候我們預計要去的安藤忠雄之旅，我們可以先在關西待一個星期搜集海之教堂和光之教堂，然後搭國內線飛機到北海道租車去找水之教堂，就是〈崇拜〉ＭＶ拍攝地點的那個水之教堂，他一直搞錯了以為淡路島的海之教堂就是——

「我都想好了。」

『什麼？』

「沒事。」

沉

默

「煩惱起來的時候，連吃東西怎麼可能不咬到舌頭都會沒自信。」

『這句話聽起來很熟？』

「你昨天粉絲專頁寫的文章，全部的內容記不起來了、但是這一段話印象很深刻，你這一陣子好勤奮的更新文章，我幾乎都要以爲你又開始寫小說了。」

『沒有，我只是在畫畫而已。妳突然說這個幹嘛？』

「因爲實際上這就是我這陣子的心情，我煩惱到連舌頭怎麼可能好好待在口腔裡還不被牙齒咬斷都驚訝了，可是你卻什麼都不跟我講！你和李建儒到底怎麼了？你們明明就確實是怎麼了但兩個人都不告訴我怎麼了！把我當白痴嗎現在！」

我一口氣吼完這一堆，然後他在手機那頭沉默，只不過，這一次的沉默比較短，在短短的沉默之後，他試著說：

『我有時候會突然不想理人，從以前就這樣，那不是針對妳或者我們怎麼了，別想太多，我只是突然會這樣而已，暫時先別理我就好。』

「然後我就活該突然被冷落在旁邊？胡思亂想還擔心受怕，然後開始感覺自己像是個多餘的東西？煩人精？」

『可能是我們認識得還不夠久、所以妳是第一次遇到這情形，抱歉我沒有先跟妳說，因為我本來以為我的這個症狀已經好了。』

「我們認識得不夠久？」

突然的、我們從熱戀中的情侶退化成認識不夠久的兩個人？

「的確，我是沒有那個她認識你那麼久。我該為此道歉嗎？」

『嘿妳——』

我賭氣：

「我的確是認識李建儒比你久。」

『所以妳會知道那種感覺。』

「什麼意思？」

他不告訴我，他只是突然的問：

『你們還有聯絡嗎？』

我們還有聯絡嗎？這是什麼鬼問題？他是我最好的朋友我幹嘛不跟他聯絡？

「我們應該不聯絡了嗎？」

又沉默。

好，那我就知道了。

「對！我是喜歡過他，好幾年，可是那已經是過去式了，而且那還是因爲你、如果你還記得的話。但他依舊是我的好朋友，最好的朋友，他認識我比你還久，這有什麼問題嗎？」

他再一次沉默。而我則決定我受夠了：

「你不可以這樣！我把我心底不輕易告訴別人的私密告訴你，還毫無保留，然後你表現得一副沒關係我都懂的暖男模樣，有幾次還搭配了知性的微笑、好像有攝影機就在旁邊側拍一樣；可是接著轉過頭卻開始因此批判我或者誤會我。早知道我就不要告訴你了！」

『你不可以這樣。』

「嗯？」

『沒事。』他無力的笑了笑，他慢慢的說：『如果有一天我跟他吵架了，妳會站在誰那邊？妳最好的男生朋友？還是妳的男朋友？』

「你們爲什麼吵架？」

『我們沒有吵架，我們只是終於願意承認了面對了而已，我終於願意承認我其實很介意他在妳生命中的重要性，而他終於願意面對他被我取代了的這個事實。他不開心，而我也是。』

「……」

嘆了口氣，他像是正在說故事般的繼續說：

『有一種人是這樣，非得在失去之後才懂得珍惜，才曉得後悔，才知道那其實是愛，我不是在說李建儒，我是在說我自己。』

「你想太多了，他不愛我。」

『是啊，他是這樣說服自己的、這麼多年以來，反正他不需要像個男朋友那般愛妳也不會失去妳，反正他就是吃定了妳會一直等在那裡，雖然他告訴自己、他就是太害怕失去妳了、所以更不可以貪心了想要當個男朋友。

『這幾年有很多男人出現過，可是他們沒有一個人成功過，因爲從來就沒有一個男人可以取代他在妳心中的位置，而這讓他更加確定自己的決定是對的，他甚至因此感覺到快樂，知道對妳而言自己是重要的，最重要的。他是妳最重要的人，他很樂意對妳好，但同時他也可以躲開愛情裡的那些壞。愛情複雜多了、他是知道的。他其實都知道。而現在，他吃醋了。

『而這眞的是很扭曲的一種情感，可是我眞的懂得那種感受，而且我不是在說李建儒，我是在說我自己，我很遺憾自己曾經那麼扭曲過，然後因此失去過，也很難過親眼看到這事再一次發生而且就發生在你們身上、我們身上；雖然其實每一段感情每一個人每一個故事說穿了就是相同情節換了角色不同人物然後不斷的重複然後摸索然後學習然後達爾文。所以呢？如果有一天我和他吵架了，妳會選擇站在誰那邊？』

「……」

『妳不用回答我沒關係，我只是需要妳知道這件事情：當一個人必須把這句話問出口，那是一件很難堪的事情。那已經不是要求了，而是乞求。』

「為什麼一定要這樣？」

『是啊，我也很想問當年的我自己。』

最後，他這麼說。

與你相遇　好幸運　可我已失去為你淚流滿面的權利
但願在我看不到的天際　你張開了雙翼　遇見你的註定
她會有多幸運

詞／徐世珍　吳輝福　曲／Jerry C

他在通常會打電話來卻都沒打電話來時我聽這首歌，他在我們通常會一起晚餐的夜晚卻變成是各自晚餐時我聽這首歌，他在說好要帶我去認識他唯一的朋友凱安那天卻沒消沒息時我聽這首歌，我聽了整天這首歌，我聽啊聽的聽到感覺世界看來好像都開始變淡了。他爲什麼那麼喜歡這一首歌？他總是想著誰聽這首歌？

所以妳會知道那種感覺。

我只是需要妳知道這件事情：當一個人必須把這句話問出口，那是一件很難堪的事情。

「北七。」

拿起手機，滑下line的藍色通話鍵、我劈頭就丟出這句話。

『妳幹嘛突然罵我？經前症候群？還是爸又發什麼神經了？』

「沒有啦，我只是突然很想要把這兩個字說出來而已。我以為你中文已經忘得差不多了。」

『妳白痴喔！』我哥嘖了一聲，『我們在家都還是講中文，那兩個小的甚至還會一點台語，因為他們外公外婆都會飛來這裡陪他們過暑假，所以他們的台語是台南腔。幹嘛？妳怎麼了突然打電話給我？是不是爸又怎麼了？』

我哥又提心吊膽的問了一次，我只好開始保證我們爸爸並沒有又怎麼了雖然他的確是真的經常怎麼了，我們開始稍微聊了一下爸的神經往事：他哪次突然趴在方向盤上大聲痛哭、他真的有次跑去臥軌揚言自殺、他還有一次像個小孩一樣在大庭廣眾之下直接跌坐在地上踢腿耍賴……沒有，爸沒有怎麼了，他最近穩定多了，感謝主，他因此穩定好多，每個星期日的早上是我和媽媽最開心最放鬆的時光、因為他沒有例外的會去教堂做禮拜。

「但是我依舊沒有告訴他我交男朋友了，你知道那時候他真的請徵信社飛去美國偷偷觀察你老婆嗎？對！那時候她還只是你女朋友而且你們才剛交往，對！

我一直忍住沒有跟你講但是他請人去戶政事務所調你未婚妻戶籍謄本的事我有跟媽講——」

『妳混帳耶妳！我以前那麼罩妳結果妳——好！算了。』我哥在手機那頭試著調整呼吸，『所以妳這個從不會主動打電話給人的傢伙今天卻突然打電話給我是怎麼了？那個男的？』

「他叫王瑞謙，不是什麼那男的。」

我沒好氣的說，然後我開始說，我說我們這陣子發生的事，我說起他的介意，我說起他的不理，我說他真的好小氣、虧他還是個很有名的兩性作家，還曾寫過很多本熱賣的愛情小說，雖然他自己比較喜歡掛在嘴邊講個不停的是他早期的圖文書；我說起我們的僵持，我說著說著，我想起那時候跟哥哥第一次提起他時，哥哥說：很難得看到妳和李建儒以外的人待在一起，妳變得比較開朗了妳真的開朗了好多，妳一直就太依賴李建儒了，而那其實不是個好現象。

『那妳幹嘛不直接打給他就好？』

回過神來，我聽見哥哥這麼說。我不知道，我告訴哥哥。妳幹嘛不直接打電話給我就好了？我想起他也曾經這麼問過我，而那時候我們交往了嗎？一時間想不起來，我都不曉得自己是從什麼時候就愛上他了，那他呢？

只記得在我們交往之後，也依舊還是他打電話來，而我等。我總是習慣等待。等著李建儒打電話給我，等李建儒有空約我，等著李建儒終於承認他愛我，等著李建儒——

我為什麼總是只讓自己等？是什麼樣的人願意讓自己只是等？沒有誰活該要等誰。

『所以呢？妳那邊幾點？』

「午夜前的十分鐘。」

『我這邊是早上，而且我其實等一下有個重要的會議。不過妳不用因此急著掛電話，我就妳這麼個妹妹，我看著妳出生我陪著妳長大的那種，如果連妳我都忙得沒時間理了那我還算是個人嗎？』

我笑了出來。

『所以妳也是，根本就不必害怕打擾了誰，沒有這種事，所謂的打擾並不存在，看的只是對方是誰。我的意思是，妳那邊也還不算晚，不管是對男朋友而言又或者是好朋友來說，都是還可以打個電話過去的時間。妳不必那麼害怕打擾別人的，眞的。』

「好。」

好。

此刻，我待在李媽媽的咖啡店裡，獨自一個人，想著我們，想著他們，想著今年，眞的發生了好多事哪。把視線從這面好醜的牆移到窗外的街，而我只是在想：我曾經哭著走完那一條街，而如今我獨自坐在街角的咖啡店，目送曾經的那個自己，走遠。

低下頭，我喝了一口冷掉的拿鐵，移開眼，我再一次按下藍色通話鍵，得到的回應是同樣的驚訝，我好像真的很不主動打電話給人呢。我笑著說。

「我們見個面好嗎？」

『不會又是現在吧？』

「什麼？」

『沒事。』

沒事，李建儒說，他沒說我們好像很久沒聯絡了沒見面了，他只說等他一下、他要看行程表。是啊，總是這樣，我總是在配合李建儒的行程表，而他卻連我們兩個人什麼都還不是的時候就記住了我的課表還罵我北七甚至有一次他諷刺我像他家小時候養的那隻狗，那隻對誰都兇巴巴卻唯獨會對主人搖尾巴的狗。他嘴巴眞的好賤，性格上也缺陷一堆、還不怕對方看見，可是他眞誠，也曉得主動道歉。他知道什麼是重要的。那我呢？

『明天我早上和晚上有課，一起吃下午茶？妳總是下午茶時間過後才會開始有胃口。』

「呵，好啊。」

好啊。我說。然後他笑。笑什麼？我問，沒事，他又說。

『好啊。』

「嗯？」

『我只是很久沒聽到妳對我說這兩個字而已。』

是啊，而我眞的對你說了好多次說了無數次這兩個字，好幾年，我總是只對你說這兩個字。

好啊。

我以爲李建儒會約在這裡或是那家有著他認爲世界上最好吃檸檬塔的白色咖啡店，可是結果他沒有告訴我、我們究竟要去哪家咖啡店，結果他約定了我們在公車站牌見。

『突然很想再跟妳搭一段公車，畢竟，那是我們認識的起點。』

「北七。」我笑著說，「那要穿回高中制服嗎？」

『那種東西我早丟啦，我一向不是那種每樣東西都會好好留著還沒事就翻開來回憶的個性，我連那時候對我很好的班導師都好幾年沒去探望她了哩。』

「有啦大學的時候你還是經常去她家拜訪她，只是你後來眞的越來越忙而已啊。」我說，「但我猜你一定沒有把我送你的畫好好保管。」

「是嗎？」

公車站牌。

我看著李建儒走下公車，我忍不住笑了出來：

「你也不必特地搭兩站公車來陪我等下一班公車吧？」

『不然我哪知我們能不能搭上同一班公車？』

「一定會的啊，我們那兩年不就總是搭上同一班車嗎？」

『或許這就是我喜歡幾米的原因吧。』

「嗯？」

『沒事。』

「總有一天我會開始計算，你究竟對我說過多少次沒事。」

『北七。』

他笑著說，然後我們看著下一班公車靠站，我們上車，依舊是最後一排的位置，依舊是我坐在靠窗的位置。

依舊。

「所以呢？我們要搭到哪一站？」

『終點站。』

「吭？」

『開玩笑的，』他笑著說，然後，試著裝沒事般的，問：『他都告訴妳了，對不對？』

「嗯，雖然嚴格說起來是我逼問他的，但具體的情形他沒說，我還是不知道你們是怎麼突然吵架了，也不知道他爲什麼說開了之後就突然的不理我了、像個貝殼一樣把自己緊緊關著，而我不知道該怎麼辦，反正他好像也不準備怎麼辦了。或許那幾年你是對的，不是什麼話都必須說必須問的。」

李建儒把臉轉開，他換了個話題問：

『妳是什麼時候愛上他的？』

「正確的時間點不知道，反正就是模模糊糊的有種感覺好像越來越喜歡這個人，但不清楚是朋友的喜歡還是男生女生的愛。然後在某個時刻突然具體的清楚了：嗯好，我愛上這傢伙了。大概是在他認眞說明宮保雞丁有多好吃的時候吧。反正不是一見鍾情就對了，我記得我們第一次見面時我還滿討厭他的，一直希望他趕快離開好不好！而且什麼不說、偏偏挑我漆的那面牆說。」

『但其實那不是你們第一次見面。』

「嗯？」

『被雨困住的花東縱谷，那一次才是。我後來問過他，爲什麼他會願意把我當朋友，我知道他並不是會和讀者當朋友的人，他沒那麼友善，他始終沒有告訴我爲什麼，但現在我覺得我知道答案了。我猜他也知道你們第一次見面不是在那面牆邊。

『所以妳剛才問我、我們是怎麼開始吵架的？其實我們也不知道，我們就是慢慢覺得不對了可是卻又不願意承認，尤其我又眞的很喜歡他這個人，他很像是一個我一直想要成爲但卻一直沒有勇氣變成的那種人，天字第一號做自己。坦白告訴妳好了、我其實直到現在還是很喜歡他這個人的，只是……嗯。

『幾米吧、我想，如果硬要說個具體的時間點、就像妳的宮保雞丁。我們三個人一起去宜蘭看了幾米公園、在我生日的那一天，白天一次、晚上一次，這是什麼懶人行程！反正，那時候，一切都開始具體了：你們其實在相愛，而我對此感到很不自在，而我、還是介紹你們認識的人，但是你們卻都沒有告訴我。』

李建儒苦笑著，然後接著補白了他沒告訴我的那一通電話、那一手啤酒還有東山鴨頭，以及，掛在他家客廳沙發上的畫。

「他那通電話的開場白是不是：我都想好了。」

『好像是喔。』

「他在害怕被對方拒絕但又很希望能被答應時會故意說這句話當開場白。」

『呵。』

「而且我又長得那麼好看。還有這句話也是，代表他突然很沒有自信。」

『少以爲我不會打女人。表示他很生氣但不知道該怎麼辦。他講這句話的表情很好笑，滿娘的。』

我笑了：

「而且他有起床氣，喝完早餐咖啡之前最好都無視他，吃到好吃的料理他會突然想撒嬌，喝到奶泡很多的拿鐵他會開始刻薄得不像話，而且最好不要跟他聊起他的作品，他會很不自在，但他的圖文書例外。」

『呵，妳眞的很了解他。』

「是啊，因爲我和他眞的是一分鐘一分鐘累積起來的感情。但我們不也是？」

『是啊，只是……嘿，妳該下車了。』

「嗯？」

『這裡，』李建儒指著窗外：『妳總是在這裡叫我起床，因爲妳的學校快到站了，所以我醒來的第一眼總是看到這家麥當勞。謝謝妳，當了我的人肉鬧鐘，如果妳知道那兩年睡眠對我有多重要的話。』

「突然的、搞什麼溫情嘛。」

『眞的啦，還有這個、送妳。』

低頭，我看見李建儒拿出一罐馬油。

『對就是當年妳送我的那一罐，其實我有用，只是不想告訴妳而已，但我也不知道為什麼就是不想講。』李建儒笑著說，然後輕拍我額頭，『雖然早就用完了但其實我一直還留著，我說過我不是很會保留東西的人所以其實我也搞不懂自己一直留著這空罐子做什麼，但反正現在，我想把它還給妳了。』

李建儒說，然後傾身按了下車鈴。

『我們還有一個站牌的時間，因為我會在下一站下車，然後打算走一段路回學校看班導師，順便問一些留學的資訊，她兒子還在英國，說很歡迎我過去作伴，暑假之後我終於可以好好去練習妳總是嫌很裝模作樣的英國腔了。』

「你要——」

『我幫妳放手，我眞的可以為妳做到這件事，不是因為他，而是為了妳。』

「為什麼一定要這樣？」

『嘿，妳問過我那麼多問題那麼多為什麼，可是妳怎麼從來就沒想過要問我，那一年為什麼我決定放棄去留學？眞的不是因為錢不夠，我姐有幫我準備。』

「那，是爲了什麼？」

『妳那時候那麼難過，妳哥哥不在妳身邊，林婉婷又不可靠，妳就只剩下我了，我怎麼可能捨得走？』

凝望著我，李建儒說，終於說：

『我不知道那是不是愛，我始終覺得自己是配不上妳的，總是感到自己是不足的、在妳面前，妳的世界。我不知道該怎麼解釋這感覺，但這眞的有很難理解嗎？』

我看著他轉頭，我看著他起身，我看著他揮手，然後他指著我手中的那一罐馬油，他只說：

『那，我先走了。』

然後他下車，頭也不回的那種。他不喜歡看到我哭，他一向就不知道怎麼面對我的眼淚，可是那一年，他卻爲了這個留下來，還不告訴我。

妳讀得到我傳給妳的訊息　可是妳讀不到那些我key了又刪的心情

馬油的空罐子裡擺了張手寫的紙條，而李建儒的中文字，還是寫得那麼醜。

第十一章　王瑞謙

「我都想好了。」

和凱安不約而同頭戴棒球帽臉上掛著膠框厚眼鏡身穿短T休閒七分褲踩著夾腳拖推著滿推車食材走向好市多櫃檯時，我試著這麼開口說：

「台東的房子我先買吧！你來當房客、房租是負責煮三餐就好，然後我還想要養條狗，英國鬥牛犬，名字叫阿龐！」

『呃……』

「怎樣？你不喜歡這名字還是這種狗？」

『不，這名字很好，英鬥也很酷，但，』凱安閃爍著他的小眼睛：『台東買房子養老的事就當我沒提過吧，嗯？』

然後我就好失望：「你怎麼可以這樣！我都準備好把基金全賣了來買房子！」

所以他就好心虛：『我有沒有告訴過你，我手裡拿著相機的時候不可以相信我！』

但我還是好任性：「那時候你手裡明明拿的是鍋鏟！」

可他依舊好逞強：『是啤酒杯！你少在那邊亂講！』

然後我們就好好的恨了對方一下，直到凱安先受不了我們周圍投射過來的眼光：

『好了啦！別人都在看我們了！』

我不管：「你是不是有別人了！」

他放棄：『對！最近才剛認識的女人，她還不錯，說起來眞要謝謝你說要帶筱茜來見我的那天結果卻晃點我，我就是這樣本來要向左走的後來卻決定向右走了，然後就這麼遇見在路邊發傳單的她，然後我們就這麼走進了對方的生命裡走在一起。如果順利的話過陣子我也會介紹她給你認識。』

我不要。

「你黑木耳拿了嗎？我去幫你拿。」

『你，和筱茜吵架了對不對？』

我開始爲我們進行一個結帳的動作。

『上次你晃點我的時候我就感覺到了。你們怎麼了？』

我低頭拿出皮夾裡的信用卡。

『有什麼是我該知道的嗎？』

我轉頭告訴收銀小姐不用統編謝謝。

『打個電話給她吧、像個男人一樣！』

我掉頭跑去幫凱安磨咖啡豆，然而這個背後靈卻還是不放過我，他推著推車走到我旁邊，他人高馬大的站在我後面，他繼續：

『手機拿來，我幫你打。』

「你現在站這樣，是要壁咚我喔？身高一百九又怎樣！」

凱安沒有壁咚我，凱安只是從我褲子後口袋抽出我的手機而已。

「我是支持多元成家啦，但你也不至於這樣公開調情吧？」

我試著打哈哈想緩和這緊繃的氣氛，可是他不理我，他驚呼：

『蝦毀？你這個很不會記密碼的人居然會給手機設密碼！』

「你再用那種罵老婆的口氣跟我講話試看看！」

『滑開密碼，或者我壁咚你！』

「好man！可惜我不是女人，不然就被你電死，立刻的馬上！」

『喔，不用了，她打電話來了。你自己聽還是我幫你接？』

「誰？」

『筱茜啊。』

「少以爲我會相信，那女的從不主動打電話給人的，就算對象是她男朋友！」

『你到底接不接電話啊？』

我不接，我把臉轉開，然後按下磨豆機的開關。

轟轟轟。我寧願聽這機器的噪音也不想要聽筱茜好難得主動打電話給我想要說的是什麼。她一定是打電話來提分手，我心想。她一開始就是拿我當墊腳石測試李建儒對她的感情，我也不喜歡自己把她想得那麼卑劣可是沒有辦法我就是忍不住會這麼想，都是她害的。我才不允許這種破事發生在我自己身上，而且我又長得那麼好看。

轟轟轟。

他們眞的開始聊了起來，他們好像聊得還滿愉快的，那不是筱茜，那女的好自閉一向不曉得怎麼跟陌生人講話怎麼可能這會兒和凱安聊得好愉快？她連用餐時對服務生點菜都很抗拒，如果不是太喜歡分享畫畫的種種、而且除了學生之外根本也沒有人想聽她分享那些的話，她本來連老師都不想當的。

可能是李建儒用她手機打來的，我繼續想。他打來說筱茜想好了決定了要和我分手，他們終於發現了彼此是相愛的應該要在一起的根本就是命中注定的，或許他們還要我給個祝福，好朋友的祝福。沒有這種祝福！

轟轟轟。

人生沒可能永遠只有蛋糕，你就當作是倒楣吃到餿水好了，活該你喜歡上那個一開始就喜歡著別人的女生，虧你還是華文世界裡有夠著名的兩性作家，還寫過愛情小說和圖文書！北七！卡到陰！去喝符水！

如果可以的話下輩子讓我當豬好了，聽說豬的高潮可以持續三十分鐘，好羨慕。你知道星座其實根本就不可信嗎？那都是過去式的星盤了，好久以前的星相了、現在都已經不是那樣了，位置都變了、只是我們人類的肉眼看不到而已，還用那些來把人分成十二類別還因此預測星座運勢是不科學的；你的心是什麼樣子、你的人就是什麼模樣；你的眼睛看著什麼方向、你的人生就往哪走。我們眼睛所看到的每個當下每個現在其實都已經是一秒鐘以前的過去了。所謂的現在其實根本就不存在。

一秒鐘的距離，眞實的距離。

他們的通話結束了，磨豆機也停止運轉了，所以我只好開始讓自己在腦子裡自言自語這些有的沒的，說好聽點還可以稱之爲與自己內在的對話，但說白了其實就是一堆不正經的廢話；如果可以的話，我還想把自己塞進這台磨豆機裡爲的只是把耳朵關起來，不，就直接把世界關起來好了。

凱安把手機放回我的後口袋然後接過我手中的咖啡豆開始封膠；我眞的很不會用膠帶我每次都黏得又醜又會漏還浪費一大堆膠帶，大概是因爲這樣所以凱安才趕快接手他的咖啡豆。

凱安說：

『我是也很想一起過去啦，可是這裡有兩瓶鮮奶一盒雞蛋還有這些青菜以及牛肉，所以我想我還是自己回家先整理放冰箱好了，牛肉還要分裝放冷凍、因爲；她說她在你家樓下，按了對講機都沒有人接。要我先載你過去看嗎？』

「不用，我搭計程車，因爲鮮奶雞蛋還有青菜以及必須先分裝放冷凍的牛肉。她是一個人嗎？」

『好，因爲那其實滿繞路的所以我也不太想只是禮貌上問一下而已。我想她應該是一個人，我的意思是、她帶人去你家幹嘛？好啦除非她有陰陽眼可以看到不存在的人，但如果是這樣的話我會建議她趕快跑、哪裡人多就往哪走別再——』

「好了啦！」

我吼他，像個老公吼老婆那樣的吼。一百九又怎樣？我有一百八！

『對啦，她是一個人。還有、什麼三十分鐘一秒鐘？』

「蝦密？」

『你剛剛講的啊，你知道你有時候會自言自語嗎？』

「沒有這回事！」

我帥氣的丟下這句話，然後轉身走。本來是想好時髦好輕快的走，就像在拍汽車廣告那樣，但是不知怎麼的，我卻開始跑了起來。

我家樓下，魏筱茜。而，這是她開口的第一句話：

『我來爲他道歉。』

「李建儒？」

『不是，李建儒又不會在私底下說：反正女人嘛每天都在出生，所以也不差這一個啦。』

居然連這個也告訴她！出賣我！小人！

『我來爲他道歉。』

她又重複了一次。

『一開始他在追女生的時候，眼神那麼眞誠、行爲那麼明確，又是請客吃飯又是記人家課表，還動不動就打來電話問妳在幹嘛？有一次還突然跑到我家樓下；他說了一堆從不輕易告訴別人的脆弱，也騙了我告訴他好多我放在心底放了好久的傷心，但同時呢，他卻又動不動就把妳又不是我女朋友這句話掛在嘴邊。女生是這樣追的嗎？』

「他只是比較誠實而已。」

『是誠實還是狡猾？既進攻又防守，以爲是在打球賽嗎？沒誠意！』

「愛情確實是場競技賽、自古以來就這樣。」我說，然後偷偷瞄她一眼有沒有生氣，沒有，還好，所以我繼續說：「他只是因爲工作需求所以經常必須球員兼裁判而已。」

『而且他好有才華又長得那麼好看，是吧？』

她沒有生氣但是她居然挖苦我，這女的！要不是此刻她又是那個笑著瞪我的眼神，我就。

就。

。

『我來爲他道歉。』

她又重複一次。

好，我會開始因此害怕女人的道歉。不如這樣吧，女人就算再錯也都不用道歉了好不好？

好，定讞。

但她不，她才不：

『他會突然冷掉不理人，害我想著這一切會不會都只是我的自作多情，想得還很煩惱，而我很不喜歡這種感覺，我不喜歡搞不清楚狀況的感覺；第一次幸好是他主動又打電話來問我幹嘛？不然我們眞的會就這麼錯過。那天我們去吃泰國菜，那天他說要跟我學畫畫，那天他最後牽起我的手，就這樣，把女生的心給牽了走。可是第二次，他卻眞的就不理人了。請問大作家，我是被分手了嗎？』

「我沒——」我改口：「他不是這個意思，他只是，以爲自己不被愛了而已。」

然後她就眞的怒了：

『不被愛？是誰在那邊想太多懷疑自己的女朋友跟好朋友？是誰在那邊——』

「我有問妳，是妳不願意放棄李建儒，妳覺得他比我還重要。我承認我小心眼又愛吃醋，我可以爲此道歉。」

『是啊，你的確是該道歉。李建儒說歡迎我們有空去英國找他玩，他會說一堆我嫌棄的英國腔報復我。我什麼時候嫌過他的英國腔？我只是聽習慣了美式英語而已！』

「喔，有，眞的。而且妳確實不應該納悶他沒喝過洋墨水也能在大學當講師這件事；妳很好笑，認識他那麼久、了解他那麼深，但卻從沒發現自己老是在踩著他底線走。我懷疑他其實也忍妳很久了。」我看著她正在看著我，我趕緊轉移話題：「不過妳說他歡迎我們去英國是什麼意思？」

『他這學期會把所有課都停掉，然後去英國留學，他說他可以爲了我放手，但他沒說要繼續跟你當朋友，不過他還是歡迎我們一起去英國找他玩，也知道我沒辦法一個人搭飛機，我連在機場都會迷路。』

「我有沒有告訴過妳、我們眞的不必把每一句話都說出來？尤其是他沒說要繼續跟我當朋友這句話。妳覺得我眞的有很想要知道這件事嗎？」

她才不理我，她繼續說：

『所以我告訴他或許冬天，我想去過有雪的聖誕節。』然後，女人！『你說他其實忍我很久了是什麼意思？你爲什麼明明就發現了卻一直不告訴我！』

女人！

「愛情本來就是場競技賽，不是爾虞我詐那方面的事、沒有那麼嚴重，只是單純的對敵人仁慈就是對自己殘忍；對，我那時候的確是在追妳，不然我沒事跟一個我沒興趣的女生一再強調她又不是我女朋友幹嘛？妳眞以爲我情聖啊？」

我不是，我只是長得比較好看又很有才華而已！

『那、請問情聖，你第一次看到我是什麼時候？』

算了，都告訴她好了。面子嘛、本來就沒值幾個錢。

「花東縱谷。李建儒買了三件輕便雨衣兩件給我們當時的女伴然後被妳罵的那當下，我記得好清楚只是一直沒有跟妳講而已，我想我才剛告訴過妳、我們眞的不必把每一句話都說出來。都大人了好不好、我們！」

『你那時候就開始注意我了？』

「少臭美！」我否認，然後想想又覺得算了，乾脆就承認：「我只是從那時候就開始偷偷會看妳的臉書而已，我又不知道該怎麼跟陌生女人互動，而且我哪知道妳有沒有男朋友是不是李建儒的女朋友？

「好，我這人體貼所以不用妳接著問我就直白說了：對！我也是因爲這樣才願意和李建儒交個朋友。這傢伙有個很正的女生朋友，好，那我就和他交個朋友好了！反正他這個人外表一副友善無害樣又眞的對朋友很不錯。以上。還有什麼問題嗎？小姐？」

『沒有，我只是承認我永遠搞不懂男人而已。』

「男人不必懂，只是需要愛。女人！」

通常這個時候她會打我的，可是她沒有，她只是若有所思的說著：

『愛情本來就是場競技賽是嗎？』

「嗯，我想我剛剛才說了。妳怎麼沒有打我？每次我用這種口氣說女人這兩個字的時候，妳都會打我的。」

她還是沒打我，她只是笑容好甜的問我：

『你客廳的地毯收了沒？』

「還沒，下個月吧、我想。妳要幹嘛？」

『運動，以及讓你知道一件你一直不肯相信的事實。男人！』

我滿意的笑了起來：

「喔，我想我會喜歡那個畫面，雖然只有豬才可以三十分鐘。」

『什麼三十分鐘？』

「沒事。」

客廳，地毯，魏筱茜。

媽的！她眞的會過肩摔。

這個夏天結束的時候，我們一行人在機場爲李建儒送別，我人很好的幫李建儒推這一車好重的行李、讓他和筱茜可以好好道別，我不是已經不吃醋他們的感情，我只是知道了如何好好愛人也如何讓自己好好被愛。這不是一件容易的事情，這是一件必須從錯誤中去學習去摸索的事情，沒有捷徑也沒有懶人包，而有些人，一輩子都沒學會。

很多人。

安全感。維持一段感情沒別的說穿了就是安全感這三個字而已，好了我不要再說了，我的確是個好有名的兩性作家但此刻我已經下班了。

他願意爲了筱茜放手而我不願意，我不知道這麼說來是誰比較愛？我只知道我永遠不會像他愛筱茜那樣的愛她。我把握了、而他沒有，他離開了、而我留下，陪在她身邊，陪她到最後。就這樣。

我沒有告訴他們、其實我和李建儒做過一樣的事情。但有些傻一輩子只要犯一次就可以。而有些錯也是。我很感謝當時的那個我勇敢地指出了這我們三個人都不願意正視的事實。逃避一向就不能解決事情，感謝當時的我們願意勇敢，然後面對。

我好想塞一大把厚厚英鎊給李建儒、但除非是我故意想要惹他生氣，我只是繼續幫他推好重的行李車讓他倆好好道別個夠；我想今年聖誕節我們還是去北歐看極光好了。英國的食物難吃死了，只是因爲這樣，眞的只是因爲這樣。我以一個男人的姿態發誓。

慈儀也來了、帶著李媽媽一起，她還是好辣、只是如今手裡多了軟綿綿的嬰兒；她認出我是誰然後開始和我交談，我本來是很想要試著友善的應對、就像個大人一樣，可是三兩分鐘過去之後我發現這很難辦到，我不覺得有哪個作家會想要聽到對方說：我感覺從小時候就看過你的書了耶！你紅好久喔。他媽的我才大她三歲而已好不好？女人！

接著她還好開心的提到一位她的小模友人：

『你記得那個誰誰誰嗎？她說你們交往過！聽說你的前女友比中華民國的前總統數量還要多喔？』

「沒有，她記錯人了。」

我說，然後頭也不回的走向李建儒他們。難怪李建儒從小就討厭他姐姐，他是對的。

李建儒。

愛情競技賽。

這個外表看起來無害又走得那麼風輕雲淡的心機鬼沒想到最後還是留了一手，他要我們離開機場之後別忘記去李媽媽的咖啡店待一下，因爲那面我好喜歡的醜醜的牆被美化了；於是此刻，我和筱茜就坐在這牆邊、我們第一次眞正認識彼此的桌子邊，看著這面牆上掛了一整排那幾年筱茜送給他的畫，而且還裱框。

臭小子。

我把紅了眼眶的筱茜摟進懷裡，本來是打算說些什麼或者溫情或者肉麻的話，可不知怎的、話到了嘴邊，卻還是變成：

「但願他是直接帶著畫走進店裡裱框，而不是先問妳裱框的事，因爲妳一講到這個就會開始囉嗦一堆好煩人。」

然後她就破涕爲笑了，而且又打我了。

就是讓女人笑，沒別的，愛情。

好了我下班了，不說了。

最終章　汪雨璇

『每年的這個時候，我都想跟妳說聲生日快樂。』

這是他開口的第一句話，而故事，要從一張畫開始說起。

那天我收到他寄來的畫，畫的背景場所是墾丁，畫的是我們四個人的合照，那是我們最後一次出去玩的照片。滿奇怪的感覺，那幾年我們一起去了那麼多地方玩拍了那麼多照片，但四個人的合照卻很少，阿里山一次，墾丁一次，就這樣，最初與最後；照片裡的陽光很好，藍天白雲，而照片裡的我們也都笑容燦爛，完全沒有預感再過不久之後我們會爭吵，會決裂，會再也不想見對方的面，也真的，再也不見面。

直到這張畫。

當媽媽拿這封掛號信給我而我低頭拆信的當下，我立刻打開電腦找出原始照片來比對。我都忘了他個子原來高出我好多，照片裡的他就站在我的背後，而我只遮住他一點點下巴，那是我難得沒穿高跟鞋的少數幾次，以前和他出門時我總是穿高跟鞋的，而我現在不怎麼穿高跟鞋了。黃浩淋其實還高他三公分，但我想應該不是這個問題，放棄逞強了、只是。

而他的畫也開始有顏色了，好像是水彩畫但又好像不是，他以前的畫都是黑色的只有線條，他後來不怎麼畫畫了，我很驚訝他畫了這張畫而且還寄給我，我更驚訝他又開始畫畫了，而且還記得我家的地址。都幾年了？

「都幾年了？」

我拿起手機按下記憶裡的那十個數字，才不管他後來是不是換了門號、也不管他此刻是不是在忙？我記得我以前一向沒在管他忙不忙；我後來不再這麼任性了，變成大人了，學會站在對方的角度替對方著想了，也於是，他變成是唯一一個我敢對他任性而他也總由著我任性的男人，男生朋友。

『妳還留著我的號碼？』

此刻，他在手機那頭驚呼著。

「其實並沒有，手機都換過好幾代了，而且我一向有刪除聯絡人和對話紀錄的習慣。」我誠實的告訴他，「我只是記住了你的號碼這樣而已。沒辦法，那幾年常常被你惹得好生氣就刪電話，沒想到刪太多次了，反而就記住了，還忘不掉。」

『北七。』

「你會驚訝的，我這輩子沒記住過幾個人的手機號碼，但我確實記住了你的。」

北七。他又重複了一遍，然後笑了起來，然後我們敘舊，沒重點的那種。

「你以前照片拍好爛喔，手指頭都出現在左上角或左下角，究竟是有多不甘願負責幫我們拍照片？就眞的那麼想合照喔？」

『妳少在那邊！我的版本就沒有。』

「因爲你的版本都是我拍的啊，白痴！」

『我看明明是妳故意都留這些失敗的照片吧？』

「失敗的才好笑啊、回頭看來。」

『但以前的妳不會想要這些失敗的。』

「嗯。」

嗯。

「直白的說好嗎？這張畫你把我畫胖了，我明明就是個瘦子好嗎？我現在也還是個瘦子！」

『嘖！女人！』

「喂！我知道你現在是什麼表情喔！你每次對我說女人這兩個字的表情。」

『就是帥的表情、沒別的。』

依舊是個自戀鬼、這傢伙。

「嘿！見個面好嗎？我請你吃飯作爲感謝你的這張畫，雖然，你眞的把我畫胖了。」

『那不然妳去吃胖好了、這樣就符合了。』他好賤的說，然後，趕緊：『見面好啊什麼時候？但我要堅持請客，那幾年，都是妳請我的，我是說，我很窮的那幾年。』

「那要換成是我開車去接你嗎？因爲那幾年我根本把你當成是司機了。」

『還專屬的，』他笑著說，然後嘴巴又耍賤：『沒關係，還好以前的油價很便宜。』

這北七。

我告訴這北七乾脆直接約在我生日那天吧！而他的反應是驚訝，很驚訝，於是我告訴他、其實我已經好幾年沒過生日了，最後一次、還是和他們呢；我和黃浩淋都不是那種熱衷過節日的人，滿無聊的一對夫妻。我告訴他。

「想來我以前會那麼熱衷過節人擠人，一定都是被你帶壞的。」

『最好是。』他嘖了一聲，然後才說：『沒想到妳是會結婚的那種人哪。』

他快快的說，然後趁我反應過來之前轉移話題：

『不是我說沒誠意，不過我們約星巴克如何？那家夜店、我是說妳以前很喜歡所以我們經常去的那家夜店，它現在變成星巴克了。』

「還好不是麥當勞。」

『是啊、當然，不然我又要被罵了。』

依舊是個記恨鬼、這傢伙。

「嘿，後來還有人敢罵你嗎？」

『還眞的是沒有，直到去年出現了這麼個女的，我女朋友，她不會罵我她只是都直接打我而已，不過她會爲我道歉。』

他說故事般的說著這些那些我爲我家的狗道歉以及我爲他道歉，然後我聽得笑，一直笑；他一向就是個很會說故事的人，他一向很會逗女人笑，雖然，他更常惹女人哭。

他。

星巴克。兩杯熱咖啡，心情是溫暖，而且，是黃澄澄的那種。

『每年的這個時候，我都想跟妳說聲生日快樂。』

這是他開口的第一句話，而我的反應是微笑，因爲我知道，若是不微笑，我可能會哭，但，不再是以往在他面前的那種哭了。

「但其實我們都一樣。」

在心底整理好情緒之後，我告訴他、其實我也是，每年他生日的時候，我都好想跟他說聲生日快樂，可是我沒有，因爲我不敢，我們的最後不是很愉快，在我們的最後，他甚至讓我具體並且強烈的感覺到、他再也不想看到我了。他是唯一一個兇過我的男人，連我爸都沒兇過我。

他。

我們。

我們結束了這個話題，改聊一些不會讓自己讓彼此感傷的話題，我們聊起彼此的近況，你變了些你哪些沒變，那些我們曾經一起做過的事情，那些我們一起聽過的歌曲，那些後來都被簡化成爲青春這兩個字的回憶。那麼多的回憶，說不完。

都過去了，但，也從來不曾過去。

青

春

『只是青春裡的謎，』他突然的說，他試著故作輕鬆的說，但卻不太成功。

『你們交往過嗎、那一年？或者，嗯。』

我知道他問的是誰，葉志峯。

「他後來有打過電話給你，可是你沒接也沒回，這讓他很傷心。他只是想告訴你、他要結婚了而已。」

『他只是想要我包個大紅包而已。』

「你吼。」

『好啦。』好啦，他說，然後悶悶的問：『你們還有聯絡？』

「偶爾。」

他的神情暗了下來。不原諒就比較高尚嗎？我心想。只是、他不原諒什麼？我想問，但我沒有，我只是選擇直接告訴他這個他所謂的青春裡的謎：

「不，我們從來沒有交往過，是你想太多了。」

一直就是他自己想太多了。我後來變得和葉志峯比較親密，但他應該知道爲什麼，他只是不願意承認而已，他越來越忙，他越來越不耐煩，他脾氣越來越壞，他甚至還會兇我，但他不承認是他推開我，不是他的錯而是我們捨棄他。他只是覺得這樣想會讓自己比較好過而已。

『他有幫我跟妳告白嗎？在我們還可以也還願意好好跟對方說話的那一年？妳還願意對我任性的最後那年，在我覺得自己終於有成就了、配得上妳的那一年？』

我不知道他在說什麼。什麼配不配得上？

『我就知道。』他淡淡的笑著，『我那時候很喜歡妳，我其實從一開始就很喜歡妳，是朋友之間的那種喜歡，也是男生對女生的那種喜歡，只是後來不知怎麼的、搞砸了。』

我看著他，看著這個好像變了又好像沒變的男人，這個在我生命中曾經很重要過的男人；他以前不是這麼坦率的，他是很直接沒錯，可是他從來不坦率。他變了，而我也是

我們都變了。他遇見了讓他的畫開始出現色彩的女孩，而我也早抹去了過去的剛烈、在他離開我之後，我們都遇見了圈住自己的人，然後變成現在的自己，

然後，願意坦誠了，在，這事過境遷的多年以後。

放下了。

『我那時候眞的很喜歡妳。』他又重複了一次，『可是我很怕被妳打槍，妳一副就是會打槍男生的樣子，妳確實很常打槍男人，所以我不敢自己面對，所以我請葉志峯幫我試探妳的口風，可是後來他告訴我、妳就只當我是好朋友，所以，我就。但我猜，他從來沒有告訴過妳這件事情，對不對？』

對。

『果眞告白這種事情哪、還是要自己來才可靠。』

他試著開玩笑的說，可是不成功，非常不成功；低頭，他喝了一口咖啡，抬頭，他筆直地凝望著我，他投降似的說，在多年以後的現在：

『很難過哪、其實，每次想起我們的時候，想起那幾年。那幾年我一直以爲妳是愛我的，可是妳沒有，結果卻沒有，妳其實並不愛我，妳只是比較依賴我而已、我想，這是最讓我受傷的一點。一想到那幾年我始終以爲妳是愛我的、是這麼看待我們之間的，就覺得懊惱得不得了呢。』

我們總是在最後一刻懦弱。

『妳知道嗎？後來，妳變成是我心裡的一把尺，我會拿後來的她們跟妳比：會比失去妳還令我難受嗎？如果答案是不會的話，那就。』

「就？」

『反正通常答案是不會。』

我看著他。

『總之，我只是想讓妳知道，妳在我的生命中，曾經非常重要過。』

「但其實我們愛過。」

我說，沒有明確指出主詞的一句話，只是，主詞說給了主詞聽。

遲來的告白，但其實來得不遲。

我們都曉得沒可能再走回從前的緊密，我們甚至可能也不太會經常聯絡，可是我們都知道，我們都開心看到對方過得好，而不再是一想到對方就懊悔，或遺憾，或怨懟。

有時候，這樣就足夠了。

「圈住。」

『嗯？』

「不夠愛你的人、就是不愛你的人。我想、我們那幾年的問題是這個。我知道你是愛我的、但是我總覺得你不夠愛，而你也是，你其實知道我是愛你的，但，也。」

『也？』

「女人也不是對誰都可以任性的，女人也是會害怕被拒絕的。」

『呵。』

「圈住。」我又說了一次，忘記是在哪部電影看到的字眼，是一部好老的電影了、我想，我好喜歡這兩個字，「感謝是你讓我看見了我自身的缺，學習到我在愛情裡的盲，在盲目的扭曲狀態裡，我們是看不見任何人的，即使是就在身邊的人。」

『即使我們現在都不是對方身邊的人了？』

「即使我們現在都不是對方身邊的人了。我們在彼此對的時間點出現，但卻從來就不是彼此對的那個人，直到我們各自遇見了圈住自己的那個人。」

他意有所指的看著我：『圈住。』

我若有所思的看著他：「圈住？」

『就，妳知道的。妳其實一直就知道的吧？』

瞪著他，我笑著說：

「你敢再把我寫進書裡試看看！我就知道你！」

他裝傻：『妳看過我的書？』

「一直都有在看哪，每一本書都有看過。以前是作者自己送我的，後來變成是要自己去買，有幾次，還預購了簽名書呢。」

『妳少來。』

「眞的啊！我可是從小時候就看過你的書了呢。」

『我就知道我紅太久了！』

—— *The End* ——

橘子作品 29

但其實我們

Only Later
Did
I
Realize

作　　者　橘子
總 編 輯　莊宜勳
主　　編　鍾靈
出 版 者　春天出版國際文化有限公司
地　　址　台北市信義路四段458號3樓
電　　話　02-7718-0898
傳　　眞　02-7718-2388
E－mail　frank.spring@msa.hinet.net
網　　址　http://www.bookspring.com.tw
部 落 格　http://blog.pixnet.net/bookspring
郵政帳號　19705538
戶　　名　春天出版國際文化有限公司
法律顧問　蕭顯忠律師事務所
出版日期　二〇一六年二月初版
　　　　　二〇一六年十二月初版四十一刷
定　　價　260元

總 經 銷　楨德圖書事業有限公司
地　　址　新北市新店區寶興路45巷6弄6號5樓
電　　話　02-8919-3186
傳　　眞　02-8914-5524

香港總代理　一代匯集
地　　址　九龍旺角塘尾道64號龍駒企業大廈10 B&D室
電　　話　852-2783-8102
傳　　眞　852-2396-0050

ISBN 978-986-5607-12-8　Printed in Taiwan

國家圖書館出版品預行編目(CIP)資料

但其實我們 / 橘子著. -- 初版. -- 臺北市 : 春天出版國際, 2016.02
面 ; 公分. -- (橘子作品 ; 29)
ISBN 978-986-5607-12-8(平裝)
857.7　104028638

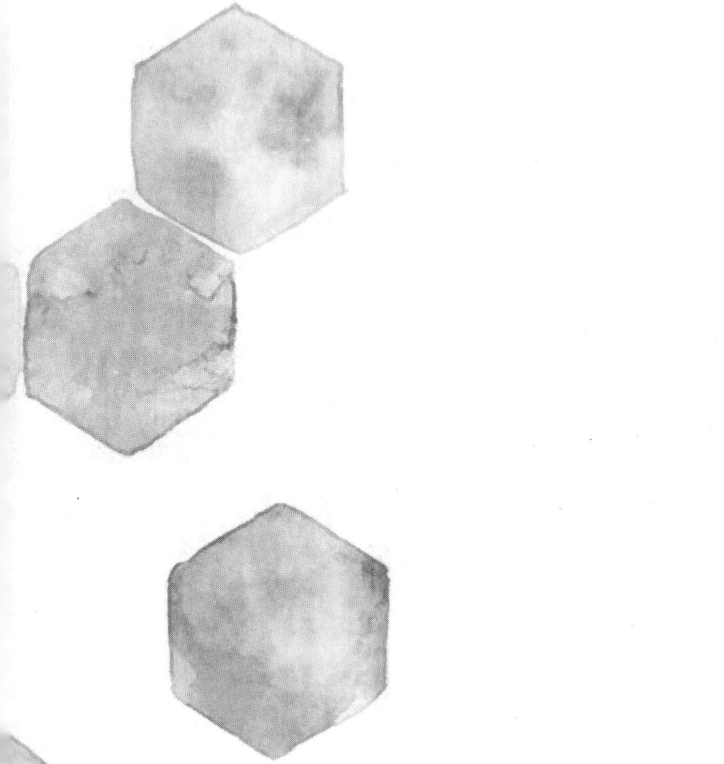